みょん Illust. ぎうにう
JN109955
男嫌いな美人姉妹を
名前も告げずに助けたら
一体どうなる?

プロフィール

名前は 新条藍那 。16 歳の 高校1 年生!

あいな って呼んでください♥

2 月 5 日生まれの 水瓶 座で、血液型は O 型!

きょうだいは 双子のお姉ちゃんがいる よ。

恋愛トーク

Q好きな人はいる?

隼人くん!

言葉での愛情表現は…

少なめ ♡♡♡♡♥ 多め

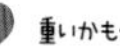

Q好きなタイプはどんな人?

勇敢で誰よりも優しい人。

自分はどちらかと言うと…

Mかも ♡♡♡♥♡ Sかも

Qその人としたいことは?

2人の子供が欲しいな…だからナマで○したい♥

正直…自分は"重い"と思う?

そうでもないかも ♡♡♡♡♥ 重いかも…

プロフィール

名前は 新条亜利沙 。16 歳の 高校1 年生!

ありさ って呼んでください♥

2 月 5 日生まれの 水瓶 座で、血液型は O 型!

きょうだいは 双子の妹がいる よ。

恋愛トーク

Q好きな人はいる?

隼人様…堂本隼人くん。

言葉での愛情表現は…

少なめ ♡♡♡♡♥ 多め

Q好きなタイプはどんな人?

優しくて私たちをいつも守ってくれる頼れる人

自分はどちらかと言うと…

Mかも ♥♡♡♡♡ Sかも

Qその人としたいことは?

してあげたいことならたくさんあります。
隷属したい…早くあの方の所有物になりたい。

正直…自分は"重い"と思う?

そうでもないかも ♡♡♡♡♥ 重いかも…

男嫌いな美人姉妹を名前も告げずに助けたら一体どうなる？

みょん

角川スニーカー文庫

23570

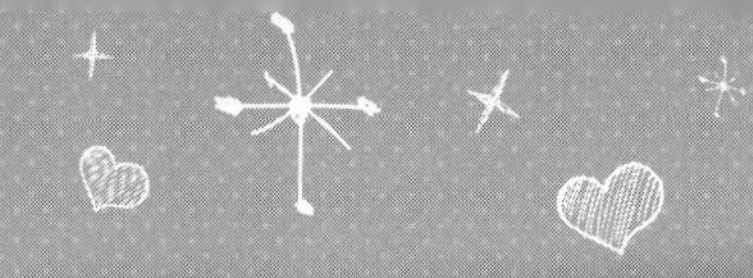

contents

story by Myon / illustration by Giuniu

designed by AFTERGLOW

プロローグ

「ハロウィンが近いなぁ……」

　十月もそろそろ終わりが近くなった頃、俺はハロウィンの仮装で必要なグッズを揃えるために街中を歩いていた。

　よくニュースなどでマナーの悪い仮装した人たちが取り上げられるが別にあのように騒ぐつもりはなく、ひっそりと高校で仲良くなった友人たちと過ごすだけだ。

「……ったく、高校生になってまで何やってんだかな」

　買い物袋に収まるカボチャの被り物と玩具の光る棒――通称レーザーソードをチラッと見て苦笑する。

　最初は面倒だなと思っていたはずなのに、気付けば俺なりにどんな仮装にしようかと考え込んでいた……まあ選んだのはこんな簡単なものだけど、それでも友人たちと楽しむことが出来るなら幸いだ。

otokogirai na bijin
shimai wo namae
mo tsugezuni tasuketara
ittaidounaru

「にしてもあいつ、どんな仮装するんだろうな。オタクなのは分かってるけど、かなりガチめなのを用意するって言ってたし……」

ハロウィンを共に過ごす予定の友人は俺を含めて三人なのだが、その内の一人はとんでもないレベルのオタクであり、こういった仮装に関しては一切の手を抜かないらしくかなり気合が入っていた。

「ハロウィンにこうやって集まるのも何だかんだ初めてだな。せっかくの友人たちとの時間だし思いっきり楽しむかね」

最初はそこまで乗り気じゃなかったけど、こうして実際にイベントが近づくとソワソワするのは俺も子供だな、当たり前だけど。

「よし、帰るか」

既に目的の品は手に入れたのでそろそろ帰るとしよう。

「ねえパパ！　ピクニックとか行きたい！」

「ふふ、良いじゃないの。どうなのあなた？」

「よし！　それじゃあ有休を取って行くとしようか‼」

見るからに仲の良い親子連れとすれ違い、俺はのんびりと帰り道を歩く。

少しばかり歩いたところで一度振り返ると、そこにはもう先ほどの親子連れの姿はなく、何をしてるんだと俺はため息を吐いて再び歩き始めた。

「……あれ？」

買い物袋を片手に歩いていると、俺は一軒の家に目を向けた。

「新条さんたちの家か」

新条さんたち――俺が通う高校に在籍している双子の美人姉妹のことだ。

二人ともそこらのアイドルでは到底太刀打ち出来ないほどの美貌とスタイルを誇っており、それほどの美人なのだから告白された回数も数知れず……しかしその全てを断るという鉄壁ぶりで有名だ。

そんな美人姉妹が住んでいる家の更に先に行ったところが俺の家で、近所ということもあって挨拶をすることも少なくはない。

『おはようございます』

『おっはよう～』

近所に住むからこその些細なやり取り、しかし彼女たちのような美人姉妹と僅かとはいえ、言葉を交わせるとその日は頑張れそうだと思えるから俺も単純である。

「二人揃って本当に美人だし、お母さんも美人だからなぁ……ほんと凄い家族だわ」

そんな風に彼女たちのことを考えていたわけだが、別にこれだけで彼女たちの家のことが気になったわけではない。

「なんで扉が全開なんだ？」

そう、新条家の玄関扉が不自然に全部開いていたせいだ。

スマホを手にして時間を確認すると、現在時刻は18時過ぎ。徐々に寒い季節が近づいていることもあって日が落ちるのも早い。

そんな中で不自然に扉が全開なだけでなく、家の中も電気が点いていないのでなんとも不自然なのだ……身近でこういうことが起きるわけがないと思ってはいるが、どうも嫌な予感が働いてしまう。

「……泥棒とかじゃないよな？　いやいやまさかそんなことが……」

あり得るわけがないと苦笑してその場を立ち去ろうとしたが、やっぱり気になってしまって俺はゆっくりと玄関に近づいた。

「…………」

何事もなくて彼女たちのどちらかに見つかっても、謝罪の一つでもすれば良いかという軽い気持ちで近づいたところ――中から聞こえてきたのは男の声だった。

「くくっ、金目の物はともかくいい女が勢揃いじゃねえか。おいガキども、母親を殺されたくなかったら服を脱ぎな」

鼓膜を震わせたその言葉に俺は自然と額に手を当てていた。

（……マジかよ）

絶対にあり得ないと思っていたことが最悪な形で的中してしまったみたいだ。

気付かれないように細心の注意を払いながら移動し、なんとか庭の方から家の中を覗き込むと一人の大柄な男が新条さんの母親をその腕に抱き、胸を揉みしだきながら姉妹に向かって服を脱げと催促し続けている。

（……ゲス野郎が）

心の中で俺は吐き捨てた。

母親は涙を流し恐怖で声が出せないようで、反対に姉妹二人は捕まっているわけでもないのにその場から動こうとしない。

これは近所だからこそ知っていることなのだが、新条さんたちは早くに父親を事故で亡くして以降、姉妹二人は母親の負担を減らすため助け合って生活していると聞いたことがある。きっとどうにか大切な母親を助けようと考えているんだろう。

「取り敢えず警察は呼ぶとして……後は何が出来る？」

持ち物を確認すると、俺の手元にあるのは買ったばかりのカボチャの被り物とレーザーソードだけだ。

チラッとまた家の中を見ると、姉妹は男の言葉に従い下着だけの姿となっており、一刻の猶予もない状況だった。

ここからは二人の顔が見えないけれど、きっと怖い思いをしているんじゃないかと思う……いや、確実にしているはずだ。

「……女性を泣かすんじゃねえよ」

そう呟き、俺はカボチャの被り物を頭に被った。

昔から何かをやる時、こうやって顔を隠した方が実力を発揮出来る……何だよそれはって話だが、中学の時にやっていた剣道で全国大会にも出場したこともあり、ある意味で実証済みだ。

性格と雰囲気も変わるなんて当時の同級生に言われたこともあるけど、流石にそこまでは分からなかったが。

「よし、行くぞ」

あの強盗と思わしき男は刃物を持っているため、関わることで俺自身が何か怪我をしてしまう可能性がある。

我が身可愛さにここから逃げても誰にも文句は言われないし、俺を責められる人も居ないはずだ——でも、俺には彼女たちを見捨てることが出来なかった。

「母さん、父さん……俺に力を貸してくれ」

天国に居る両親にそう告げ、警察に通報をしてから一歩を踏み出した。

赤城(あかぎ)高校一年、堂本隼人(どうもとはやと)……参る!!

▼▽

「……っ」

「姉さん……」

それはまさかという思いだった……まさか自分たちがこんな目に遭うなんて。

ハロウィンが間近に迫る十月の後半、いつものように母の待つ家に妹と一緒に帰ってきた時だった。

不自然に玄関の扉が開いていたのは気になったものの、特に何も考えずに私と妹は家の中に足を踏み入れた。

『……母さん?』

『暗いね……どうしたんだろう』

玄関に母の靴があったので帰っているはず、それなのに明かりが点いていないことに私と妹は訝(いぶか)しんだ。

『……え？』

恐ろしいほどの静寂の中、私たちは大柄の男に羽交い絞めにされている母を見た。

『なんだ娘か？』

『に、逃げなさい二人とも‼』

男が母に突き付けている刃物、そして母の逃げなさいという言葉……私たちはその男が強盗だとそこで理解した。

男は私たちを逃がさないようにと刃物を向け、動けば母を殺すと脅してきた。

怖い、逃げたい、それよりも助けを呼びたい……でもここから離れたら本当に母が殺されてしまうのではと恐ろしくて足が動かなかった。

動きを止めた私たちに対し男は服を脱げと命令し、私は母を助けるためにそれに従うことにした。

「本当に母さんを離してくれるのね？」

「お前たちが言うことを聞けばな？」

裸になって母が助かるならば安いものだ。

そう思って私は服を脱ぎ、妹も続くようにして下着姿になった……そんな私たちを見て男はニヤリと気色の悪い笑みを浮かべていた。

「……これだから男なんて」

昔からそうだ。

男なんて下劣で野蛮な生き物、私が男性で傍に居てほしいと願ったのはもう亡くなってしまった父だけだ。

父は亡くなる最期の瞬間まで母を愛し、そして私たちを大事な娘として慈しんでくれた。

「くくっ、まさかターゲットにした家でこんな上玉に出会えるなんてなぁ。っと、その前に縛らせてもらうか」

男は妹にロープを投げ、私の手足を縛れと命令した。

今気付いたけれど母も手足を縛られているので、同じように私たちの自由を奪うつもりなのだろう。

小さな声で藍那が謝りながら私の手足を縛り、そして藍那も男によって縛られて動きを封じられ――どうも男が最初にターゲットにしたのは藍那らしい。

「やめて！　妹に手を出すのはやめなさい!!」

妹や母に手を出すくらいなら私にしろ、本当は怖くて仕方ないのに私はそう声を大にして叫んだ。

「うるせえ！　お前は後で相手してやるから黙ってろや!!」

男は怒鳴り散らすようにして刃物を床に突き刺す。

鈍い音を立てて深く突き刺さった刃物に母と妹が小さな悲鳴を漏らし、私も恐怖で体が動かなくなった。

（どうして……どうしてこんな目に遭うの？）

自分たちの理不尽な境遇に泣きそうに……いや、既に私は泣いていた。

結局、いつもこうやって理不尽な目に遭うのだと私は諦めた……父が亡くなった出来事でさえ、その原因となった事故は理不尽な理由で引き起こされたのだから。

「くそ……くそくそくそっ!!」

何も出来ない無力な自分、大人しく不運を受け入れるしかない自分に悔しさが募る。

強く拳を握ると爪が皮膚に食い込み痛みが走る。目の前で妹が薄汚い男の欲望をその身に受けようとしている。

そんな理不尽を前についに私は大粒の涙を流した。

「助けてよ……」

それはとても小さな呟きで、誰でも良いから助けてとそう願ったその時だった。

「え？」

何かが音を立ててリビングの中央に転がってきたのだが、それは玄関に置いてあるはずのテニスボールだった。

「なんだぁ？　テニスボール？」

男は転がってきたテニスボールに手を伸ばして取ろうとする。

妹からも完全に注意が逸れたその瞬間を見逃さないように、何かが凄い勢いで部屋の中に飛び込んできた。

「な、なんだ——」

男が反応するよりも早く、赤色の発光する棒のようなものが男の肩に振り下ろされて鈍い音を上げる。

男は痛がる素振りを見せて刃物を落とし、すかさず男に追撃を加えるように一撃が腹部へと炸裂した。

「がふっ……なんだてめえは……っ！」

「……!?」

「……カボチャ？」

突然の闖入者に私を含め、妹も母も息を呑んだ。

苦しむ男を見下ろすのはカボチャの被り物をした何者かで、私たちは抱いていた恐怖が一瞬とはいえ忘れるほど、そのあまりに異様な光景にボーッとしてしまった。

その人は体格からして男性だということは分かるのだが、それにしてもどうしてカボチャの被り物をしているのだろうか。

「強盗かレイプが目的かは知らんが、アンタはここで終わりだ」

カボチャの彼がそう言った瞬間、サイレンの音が近づいてくるのが聞こえた。

「あ……」

「たす……かったの？」

その音は確かに私たちを安心させてくれるものだった。

蹲(うずくま)る男が間違っても逃げないようにとカボチャの彼は手足を縛りあげ、安全を確保出来たことで私たちの拘束も解いてくれた。

「クソが……解(ほど)きやがれ!!」

「ダメに決まってるだろうが。犯罪者は大人しく縄に付きな」

くり貫(ぬ)かれた目の隙間から覗く眼光はあまりに鋭く、男は意気消沈したようにジッと動かなくなった。

「ほら、早く服を着ろ。もう大丈夫だ」

「っ……」

大丈夫だと、そう言われてようやく私たちは助かったと実感した。

私は服を着ることも忘れ大きな声を上げて泣いてしまった。妹も私に続くように大泣きをして母もそんな私たち二人を抱きしめて泣いていた。

「……参ったな。ってちょうどいいところに毛布があったな」

ソファに置かれていた毛布を手にして私たちに近づき、肩に掛けてすぐ離れたのは私たちを怖がらせないようにしたのだろうか。

（……不思議ね。全然嫌な感じがしなかった）

昔から色々とあったので男性は苦手……ううん、嫌いと言っても良い。

それでも目の前の彼には嫌な感じは一切なくて、それどころか傍に居てくれることに安心感さえ覚える。

カボチャの隙間から覗く瞳はとても冷たく、全てを射抜く鋭さを持っているにもかかわらず私たちを心配してくれている優しさはしっかりと伝わってくるのだ。

「良かった。本当に……本当に良かったよ」

その声はまるで父を連想させるような優しさに満ちたものだった。

急激に頬が熱くなるのを感じたが、どうやらそれは隣に居た妹も同じようでボーッとした様子でカボチャの彼を見つめている。

今回の事件、強盗の男は逮捕され襲われそうになった私たちは全員無事だった。

一瞬とはいえ、全てを諦めかけた絶体絶命の状況の中――私たちを救ってくれたヒーローはカボチャ頭の男性だったのである。

私は……私たちはこれ以上ないほどの運命を感じざるを得なかった。

一、目覚めた女心に嘲笑うカボチャ

otokogirai na bijin shimai wo namae mo tsugezuni tasuketara ittaidounaru

俺が新条姉妹とその母親を何とか助けることが出来た翌日のことだ。

流石に強盗が入り警察も出動する事態ともなれば、本人たちの意思にかかわらず噂はかなり広がってしまったのが現状だ。

「お前の家の近くだよな確か」

「大丈夫だったのか？」

学校に着いて早々に事件現場が俺の家の近くということで友人が心配してくれた。

いつもアホみたいに遊び歩いてばかりいるのに、こうして何かあった時には心配してくれる彼らの優しさは本当に嬉しかった。

「俺もビックリしたけど新条さんたちが無事だったんだ。だから今はそっちのことを喜ぼうぜ？」

俺の言葉に友人たちはそうだなと頷く。

今こうして話をしている彼ら二人とは高校からの知り合いだが、まだ出会って一年も経ってないのに長年一緒に過ごしてきたかのような親しさがある。

「まあでも、心配してくれてありがとな。颯太に魁人」

「へへ、まあな♪」

「当然だろ？」

宮永颯太、青島魁人、二人とも本当に大切な俺の友人だ。

颯太はコスプレなどが好きなオタクで魁人は筋肉質な肉体と少し不良っぽい見た目をしている。そんな二人と知り合ったきっかけは俺から声を掛けたのが始まりだが、よくここまで仲良くなったなと心から嬉しいと思うと同時に感慨深い。

「それでさぁ、昨日は――」

「あぁそうそう、それで――」

友人たちの話に耳を傾けながら俺は昨日のことを思い返してため息を吐く。

「……ふぅ」

昨日の出来事は本当に怒涛のような時間だった。

あの後のことを話すと、男を拘束して新条さんたちの安全を確保していたが、到着した警察の人たちはカボチャを被った状態の俺を見てそれはもう唖然としていた。

『……どっちが不審者だ？』

『どっちも？』

そんなことを言い合う前に早く強盗を捕まえてくれとそんな気持ちになったが、確かに俺が彼らの立場でも同じことを口にしたと思う。

それだけあの現場においてカボチャを被った俺の存在は異質であり、ある意味でシュールな絵面だったわけだ。

俺は不審者であっても犯罪者ではない。そんな俺も最初は警察の人に取り押さえられそうになったものの、庇ってくれたのは新条さんたちだった。

『この人は私たちの恩人なんです！　決して怪しい人ではありません！』

『……いやでもカボチャ被ってるし』

庇ってくれた新条さんに感謝すると共に、小さく呟いた警察の人に心の中でごめんなさいと謝った。

流石に事件に遭遇したということもあって、それから解放されるまでが本当に長かったのだが、無事に事件は終わりを迎え俺もちゃんと帰宅することが出来た。

ちなみに警察の人には俺の正体を晒したものの、新条家の三人は最後まで俺の顔を見てない。ああいう場合にどんな顔をすれば良いのか分からないし、何より俺という存在を近所や学校で見かける度にこの事件のことを思い出してしまうかもと思ったからだ。

『名前を教えて……』

『誰なんですか……？』

俺に縋るように声を掛けてきた姉妹を含め、彼女たちの母親もまるで頼れる存在を求めているかのようだった。

三人とも俺から離れたくないとばかりに手を伸ばしてきたが、俺は後ろ髪を引かれる思いで彼女たちの前から去った。

（まあなんというか、あの三人から向けられる気持ちが俺にとってはあまりにも荷が重いように感じたんだよな）

男として見栄を張りたい気持ちはあるし、類い稀なる美しさを持った女性に頼られるというのも悪い気分はしなかったけど、結局彼女たちには何も伝えなかった。

（でも二人とも変わらずに学校に来ているし、本当に強い子たちだと思うよ）

あんなことがあったのだからしばらく学校は休んで心のケアをしてほしいところだが、それでもしっかりと登校してくるあたり心は強いんだなと思う。

（ま、俺にはもう関係のないことだ）

別に正義のヒーローを気取るわけじゃないが、俺は彼女たちに恩を売ったとも思ってないし何も見返りは求めていない。

ただただ助けることが出来た、それだけで俺には十分だ。

あのような出来事があっても学校での時間はいつも通り進んでいき、あっという間に昼休みになった。

「じゃあ飯行こうぜ！」

「おうよ」

「分かった」

弁当を開けている生徒もいる中、俺たちは学食に向かう。

なぜ弁当じゃないかというと、うちは早くに父が亡くなり、中学の頃に母も病気で亡くなってしまったため昼食は学食で済ますことにしているんだ。

「何食うかねぇ」

「隼人は何にすんだ？」

「俺は生姜焼き定食かな」

注文してからしばらく待ち、用意された昼食を前にして俺たちは手を合わす。

「いただきます」

早速、メインの生姜焼きを口に運ぼうとしたところで少し学食内が騒がしくなった。

「お姫様たちが来たみたいだぜ？」

「相変わらず人気者だよなぁ」

二人の言葉を聞いて学食の入り口に目を向けると、そこに居たのは二人の友人を連れた新条姉妹がやってきていた。

類い稀な美貌と抜群のスタイルはそれだけで数多くの男子の視線を集めてしまう。

というかあの二人が学食を利用するのは珍しい気もするけど、おそらく昨日の今日なので弁当の用意が出来なかったのかもしれないな。

「俺たちみたいなのは近寄れない高嶺の花だよなぁ」

「んだんだ。遠くから見るだけで満足しようぜ」

いや結局見るのかよと俺は苦笑した。

でも友人二人が言うように、本当にあの二人は美人だと思う。

（ジッと見なくても伝わってくるオーラがあるもんな。そりゃモテるわ）

まず姉の亜利沙さんだが、漆黒の長い髪をサイドで編み込み、クールビューティーとも称される冷たさを帯びた青い瞳が印象的だ。あまり声を出して笑ったりすることは少ないらしく、彼女のそんな姿を見れたらかなり運が良いらしい。

そして次に妹の藍那さんは姉と違ってとても明るい性格の持ち主らしく、見た目も派手で少々ギャルっぽい。明るい色の茶髪のボブ、いつも表情豊かでニコニコと笑顔を浮かべており、姉の青い瞳とは対照的な赤い瞳が特徴だ。

そして極めつきとして二人に共通するのが暴力的なまでのそのスタイルだ。

（……本当に同じ高校生かよ。何度見てもレベルが違うだろ）

「っ……」

っていかんいかん、変に考えようとすると昨日の光景を思い出してしまう。

あの時は新条さんたちを助けるために必死だったし、常に強盗から気を逸らさなかったがそれでも彼女たちの下着姿は見えてしまっていたので——亜利沙さんも藍那さんも、そして彼女たちのお母さんの豊満な肉体がハッキリと脳裏に焼き付いてしまった。

「ここにしましょうか」

「そうだね」

そんな外では決して言えないことを思い出していると彼女たちが近くに座った。

颯太と魁人が黙ってトレイを少しズラして距離を取るあたり、さっきも口にしていたが彼らにとって彼女たちは本当に眩しい存在なのだろう。

「……？」

俺はジロジロと見たわけではないが、ふと妹の藍那さんと目が合った。

血のようなというと少しオーバーかもしれないが、彼女の深紅の瞳に見つめられるのは中々にドキッとする。

「藍那？」

「ううん、何でもないよ」

しかし、すぐに藍那さんは俺からすぐに視線を逸らしてくれたのでホッとする。

それと同時にやっぱり俺のような者に興味はないんだなと、分かってはいたが少しだけ残念に思ったりもした。

学校一の有名な美人姉妹が傍に居るということで、颯太と魁人は綺麗に口を閉じてしまったので彼女たちの会話がよく聞こえてくる。

「でも本当に大丈夫なの？　今日くらい休んでも良かったんじゃない」

「本当に心配は要らないわ。自分でも思った以上に平気だし……それもこれも、きっと私たちを助けてくれたあのお方のおかげなのでしょうね」

「名前くらい教えてくれても良いのになぁ……あ～あ、ほんと素敵だったなぁ」

ガチャンと少し大きな音を立ててしまったものの、それを気にしたのが傍に居る二人で助かった。

「……ふぅ」

そんな中、俺は安堵するように息を吐く。

彼女たちにとって後少し遅かったら最悪な展開になっていたはず、それこそ一生消えることのない傷を心に負っていたかもしれない。だがああやって笑顔を浮かべて話が出来るくらいなら、これ以上は何も心配する必要はなさそうだった。

それから俺たちは黙々と昼食を終え席を立つ。

「ご馳走様でした」

「ごっそさん！」

「……あまり食った気がしねえって」

どれだけ緊張してるんだよ、と俺は苦笑した。

「そういや話は変わるんだけどさ。隼人はハロウィンでの仮装アイテムは何を買ったんだ？」

「レーザーソードとカボチャの被り物」

「……芸がないな」

「うるせえよ」

俺は颯太みたいにこういうのはガチじゃないんだから良いんだよ！

それにあまりそういったことにお金を掛けたくないってのもあるからな……まあある程

度は自由に使えるお金は祖父ちゃんから仕送りしてもらっているけどあまり贅沢はしたくないんだ。

昼食も終えたので後は教室に戻るだけなのだが、俺は少しトイレに行きたくなったので二人には先に戻ってもらった。

「ふぃ～」

リラックスしていることが分かるような声を出しながら用を足し、手を洗って廊下に出たところで俺はまさかの人物が目に入った。

「……え？」

「ふんふんふ～ん♪　ふふふ～ん♪」

窓の向こうを見つめながら機嫌良さそうに鼻歌を口ずさむ藍那さんがそこに居た。

トイレの前で何やってるんだと思ったけれど、女子トイレも隣にあるので別におかしなことではないか。

ジッと見つめてしまったのがいけなかったのか、当然のように彼女は俺に気付きその深紅の瞳に俺を映す。

「こんにちは。良い天気だね今日は」

「え？　あ、あぁ……そうだね」

確かに雲一つない良い天気である。

「それじゃあね♪」

「っ……おう」

ニコッと綺麗な微笑みで手を振りながら彼女は食堂に戻っていった。

美人の笑顔とはこんなにも破壊力があるのかと呆然としてしまったが、それにしても彼女はここで何をしていたんだろう。

「食堂で目が合った時は完全に興味なさげだったんだけどな……う〜ん？」

もしかして彼女は俺に気があるのか⁉　いやいやないない。

まさか俺がカボチャを被った男だと分かったのか⁉　いやいや、それこそ絶対にないだろうと首を振る。

「でも……本当に綺麗な人だよな。あんな子が恋人だと毎日が幸せそうだけど、俺にはマジで縁がなさそうだ」

そんな分かり切ったことを呟き、俺は二人が待つ教室に戻るのだった。

「ただいま」

「おかえり」

「長かったな。ウンコか？」

「違うわい。ちょっとな」

ちなみに、俺は基本的に毎朝大便を済ませる健康体である。大人の一部の人が羨ましがりそうなこの生活習慣はちょっと自慢だったりする。

「それにしても初めてあんな傍であの姉妹を見たけどオーラがヤバいな！」

「それな。ありゃ確かに何度も何度も告白されるわけだ」

早速二人の会話は新条姉妹についてだ。

俺は通学路で時々出会うこともあるのでそこまでだが、確かに学校であんなに距離が近づいたのは初めてかもしれない。

彼女たちとはクラスも違うし何かの合同授業でも近づくことがそもそもないからな。

「隼人はどうなんだ？　ああいう子たちはさ」

「俺？　まあ凄い美人だし、あんな子たちが恋人とかなら毎日楽しそうだよな」

「恋人かぁ良いねぇ。夢の中でしか実現しなそうだわ」

「悲しいことを言うんじゃねえよ。俺たちだって頑張ればいけるだろ……あの二人は無理だと思うけど」

そりゃそうだと俺と魁人は肩を震わせて笑うのだった。

「なんつうか美人だとかそれだけじゃなくて、こう……他人を魅了する何かが溢れまくっているようにも見えるよな」

「あ〜分かる！」

そう、ただ美しいだけではなく言葉にし難い魅力が彼女たちからは溢れている。

見た目だけでなく性格も良いみたいだし、そんなところでも彼女たちは多くの人を惹き付けると思うのだ。

（……でも姉に関しては男嫌いなんて噂を聞いたことあるけど実際どうなんだろ）

クラスメイトが噂をしていたことだが、亜利沙さんは男に対して苦手意識を持っていると聞いたことがある。それが嘘か本当かは分からないが、しょっちゅう告白などをされたらそうもなるだろうし、昨日の出来事のせいでそれが曖昧な噂から真実になっても仕方ない。

「お〜い席に着け〜授業を始めるぞ〜！」

さて、午後の眠たい授業の幕開けだ。

▽

勉強とは将来に役立てるため、そして己の未来を切り開くための大切なモノだと理解はしているが言わせてほしい——マジで眠たかった。

「ふわぁ……」

天井に腕を伸ばすようにして体を解しながら大欠伸をする。

既に終礼は終わって後はもう帰るだけなのだが、友人たちからカラオケでもどうかと誘われてしまった。

「悪い、今日は遠慮しとくわ。昨日あんなことがあったしな」

「それもそうだな。じゃあまた誘うぜ！」

「ゆっくりしろよ！　んで何かあったら言うんだぞ？」

「分かった。サンキューな」

きっと俺の家の近くでの事件だったからそれを少しでも忘れさせるためにと遊びに誘ってくれたのは分かっているので、その心遣いは本当に嬉しかった。

今回は断ったけど週末にはハロウィンが控えており、颯太の家に集まる予定なのでその時に思い切り騒がせてもらうことにしよう。

教室を出ていく二人の背中を見送り、俺も帰るかと教室を出た。

「ちょっと寒くなってきたしコンビニに寄って温かいものでも買って……うん？」

そう独り言ちながら廊下を歩いていると、男子に連れられて歩く亜利沙さんを見つけた。

二人が向かう先はおそらく屋上だろう――二人の男女、放課後、屋上、この三つのキーワードから考えられるのはあれしかない。

「告白かねぇ……昨日あんなことがあったんだから勘弁してやれよ」

仔細は伝わっていなくても大よそのことは噂で知っているはず。だからこそ今日くらいそっとしてやれば良いのにと俺は男子に対して思った。

亜利沙さんと連れ立っていたのはサッカー部に所属するイケメンで、確か姉妹と同じクラスだったかな？　あんなことがなければ告白か頑張れよで終わったはずなのに、俺は少し亜利沙さんのことが気になってしまった。

「ったく……まあでもこれも縁ってやつか」

俺は二人にバレないように後ろをついていくと、やはり二人が向かった場所は屋上だった。

完全に野次馬根性丸出しだけど、俺は開いた扉の隙間から彼らの行く末を見守るために覗く。

しっかりと閉めないと開いてしまう古い扉に感謝しながら耳を傾けた。

「亜利沙さん。俺と付き合ってくれないか」

ほらやっぱり告白だった。

あの男子についてはクラスも違うので全然絡みはないものの、かなり人気者なのは知っている。

　俺のクラスでも彼のことが良いと言っている女子はそこそこ居た気もするが、そんな人気者のイケメンからの告白に対する返事はあまりにもバッサリだった。

「ごめんなさい。私には心に決めた方が居るのであなたとは付き合えません」

「え……？」

「わお」

　唖然とする男子と違い、俺はへぇっと興味津々だった。

　今まで全ての告白を断ってきたとされる亜利沙さんなので、相手があのイケメンであっても断るとは思っていたが……まさかそんな風に断るとは思わなかった。

「誰だよ亜利沙さんは男嫌いとか言った奴は……デマを流すんじゃねえ」

　ちゃんと想いを向ける相手が居るじゃないか、やっぱりこの目で見る情報が全てだな。

　百聞は一見に如かずだ。

「断るための方便かもしれんけど……」

「ううん、実際それが本当なんだよねぇ」

　マジかよ、それは凄い情報を聞いたぞ。

「……うん？」

ちょっと待て、今俺は誰と会話をしたんだ？

俺は動揺を表に出さないようにしながら、ギギギッと壊れかけのブリキ人形のように振り向く——するとそこに居たのは、藍那さんだった。

「なん——」

「静かに、二人に気付かれちゃうよ」

声を出しちゃダメだよと、彼女は俺の唇に人差し指を当ててきた。

「っ……」

「そうそう良い子。大きな声は出さないでね？」

「……分かった」

「うんうん。さてと、まあどうしてあたしがここに居るかだけど。妹としては姉さんのことが気になるわけですよ。結果は分かり切ってるけどねぇ」

「あの男は脈なしってことか？」

「いえ〜す」

それはそれは……あの男子にはご愁傷様と言うほかないなこれは。

「で、君は何をしてるの？」

「……あ～」

覗き見なんて最低だとそれくらいは言われるかと思ったのだが、藍那さんは変わらずニコニコと笑みを浮かべている。

その綺麗な笑顔の裏は読めないものの、俺は素直に話すことにした。

「昨日大変なことがあったんだろ？　それなのに今日いきなり告白って空気が読めてないっていうか、それ以前に新条さんのことを考えてないっていうか」

「なるほど、君はとても優しいんだね」

「こんなの優しいとかじゃなくて普通の感性だと思うんだが」

「ま、そうだよね。でもあたしは君のことを優しい人だと思ったよ？　変に疑われるよりはマシでしょー？」

「それは確かに」

思ったよりも和やかに話が進んで助かる。

そんな風に藍那さんと言葉を交わしていると、どうやらあちらの話もそろそろ済みそうだ。

「昨日のことを人伝に聞いて気が気じゃなかったんだ!!　あんなことがないように俺が君のことを守りたい!!」

ほ～、こいつ顔だけじゃなくて性格もイケメンか？

ただその心意気は立派で褒められて然（しか）るべきだとは思うけど、もう少し落ち着いた頃に告白すれば良いのに。

「よっこいしょっと。ちょっとごめんねぇ」

「っ!?」

そんな声と共に、ふにょんと柔らかな感触が背中に引っ付いた。

どうやら屋上を覗き込む俺の背中に藍那さんは抱き着いたらしく、その豊満な肉体を惜しげもなく当ててくる。

動揺する俺をよそに藍那さんは口を開く。

「何を言っても姉さんは首を縦には振らないよ。脈なしだって指差して笑ってやりたい気分だね」

「……あのぅ新条さん？」

「おっぱい、当ててるの気になる？」

この子ストレートすぎる!!

カーディガン越しに伝わるその大きくて柔らかなものは、藍那さんの動きに応じて縦横無尽に形を変えていく。

手で触れたりしているわけではないのに、恐ろしいほどにその柔らかさが鮮明に脳へと伝わってくる。

「離れてくれるとありがたいんですが……」

「それだとあたしが見えないよぉ」

俺の前に出れば良いよね……？

「ふふ、このくらいにしとこっか」

そう言って藍那さんは離れてくれた……揶揄われたのか、俺。

まあでも、こう言ってはなんだが揶揄われてもお釣りが来るくらいには良い時間だったのは言うまでもない。

「……ふぅ」

「あはは、ごめんごめん。っとそうだ――ねえねえ、さっきあたしのことを新条さんって言ったけど」

「うん」

「あたしも姉さんも名字は同じだから分かりづらいでしょ？　だからあたしのことは名前で呼んでくれないかな？　その代わりあたしも君のことを名前で呼ばせて？」

それは別に構わないけどちょっと恐れ多い気もする……けど、俺は頷いた。

「分かったよ。藍那さん……で良いのか？」

「呼び捨てで良いよ？」

「いやいやそれは勘弁してくれ」

「今は良いよ。追々考えてね？」

呼び捨てはもう友達の段階なんだけどな……今回俺がこうして藍那さんと話をしたのは偶然だし、こんなことはこの先そうそうないだろうから、彼女と話すことはもうないと思ってる。

「それじゃああたしも。よろしくね隼人君」

「よろしく……って俺のこと知ってたんだ」

「こうして話をしたのは今日が初めてだけど、時々朝に会ったりしてたじゃん？　だから当然だよね？」

「……そう、なのか？」

なら……知ってて当然なのか、俺は難しいことを考えるのはやめた。

そうやって藍那さんとの話に夢中になっていたせいか、亜利沙さんの方に向けていた意識が疎（おろそ）かになっていた。

既に話は終わったようで男子が駆け足でこっちに向かってきた。

「まずっ……」

「こっち来て」

隠れないと、そう思った俺を藍那さんが強い力で引っ張った。

ちょうど扉が開いたことで見えなくなる死角だったため、男子に気付かれることはなかった……その代わり、とてつもなく甘い香りが俺の鼻孔をくすぐってくる。

「近いね？」

「っ……」

お互いの顔と顔が当たってもおかしくないほどの至近距離、俺はたまらず彼女から距離を取った。

藍那さんはやっぱり楽しそうにクスクスと笑っている。

「無駄な告白劇も終わったことだし姉さんのところに行くね。それじゃあ隼人君、またゆっくりお話ししようね♪」

そう言って藍那さんは亜利沙さんのもとに向かった。

俺はしばらく呆然としていたが、すぐに我に返り家に帰るために歩き出す。

その間、さっきの藍那さんとのやり取りを思い出し、良い匂いだったし柔らかかったな、なんてことを思春期の男子っぽく考えるのだった。

藍那さんと名前で呼び合う仲になってから数日が経過した。

あれから何度か彼女と目が合うことはあっても、傍に亜利沙さんが居たり他の友人が居ると彼女が近づいてくることはなく、その逆も然りだ。

「……ま、これが普通なんだよな」

そう呟き、俺はちょっと重たい段ボール箱を持って資料室を訪れていた。

今は昼休みなのだが、トイレの帰りに廊下を歩いていると先生に呼び止められ、段ボール箱を資料室に置いてきてほしいと頼まれたのだ。

『いいっすよ。貸し一つで』

『分かった。今度ジュースでも奢ってやろう』

先生に奢ってもらうつもりはないけれど、取り敢えず頷くだけ頷いておいた。

「えっと……ここで良いか？」

資料室に着いたけど、元々誰もあまり寄り付かない場所で掃除以外で入ることもない……なので備品がその辺に散らかっているわけだ。

俺は段ボール箱を適当に床に置き、一仕事したぜといった具合に息を吐いたその時だった——ガタンと音を立てて扉が閉まった。

「っ⁉」

棚とか色々な物があって扉は見えないものの、誰かが閉めたことは分かる。

閉じ込められたのかと焦りそうになったが、別に外から鍵を掛けられても内側から開けることが出来るし問題ない。

「電気点いてないからちょっと不気味だなここ……」

そう呟いた俺はすぐに扉の方に向かう。

「ったく、誰だよ閉めた奴は――」

「あたしだあああああああ！」

「どわあああああああああ⁉⁉⁉」

突然の大きな声に俺は盛大にビックリしてしまった。

本当にお化けでも出たのかと驚いてしまったが、よくよく思い返せば今の声には聞き覚えがあった。

何事かと背後を見ればいつの間にそこに居たのか、笑顔の藍那さんが立っている。

「にしし、悪戯成功♪」

「……勘弁してくれ。心臓が飛び出るかと思ったぞ」

うちの高校が誇る美人姉妹の片割れ、その一人である藍那さんの登場に俺はドキドキよりも勘弁してくれって気持ちの方が強かった。

「あはは、ごめんごめん。廊下を歩いてたら段ボール箱を抱える隼人君を見つけちゃってさ。気になって追いかけてきちゃった」

「それならわざわざここまでついてこなくても声を掛けてくれればいいのに」

「確かにそれもありなんだけど、今まであたしたちって絡みなかったでしょ？　だからいきなり親しげに話すと隼人君に迷惑掛かるかなって」

あぁそういうことか。

藍那さんは校内で有名人だから普段話さない俺と一緒に居たら変な噂でも流されるかもしれない、それを考えてのことだったんだろう。

「あたしね？　結構隼人君とお話ししたかったんだよ？　でも遠くから目が合うだけでお話できないし、あたしがウインクとかするくらいじゃん？」

そう言って藍那さんはグッと距離を詰めてきた。

この間初めて藍那さんと長く話をして、それで二度目の邂逅がこんな風に親しみ溢れるものだとやっぱり裏があるんじゃないかと勘繰ってしまう。

「まだ昼休みの時間はあるしお話ししよ？」

「……分かった」

綺麗な子の提案は断れない……まだまだ俺は未熟だった。

二人で適当に椅子を引っ張り出し、向かい合うように座って会話するのだが彼女とする話は別に特別といったものではなかった。

「隼人君はハロウィンの予定とかあるの？」

「あぁ。友人の家に集まってコスプレパーティみたいなことをするんだ」

「コスプレ良いね！　あたしはそういうのしたことないからちょっと憧れるな」

「そうなんだ」

「うん。あ、ちなみになんだけどあたしがコスプレするとしたら何が隼人君は似合うと思う？」

「え？　う～ん……」

俺はその言葉を聞いて、ふっと頭に浮かんだのが際どい衣裳の魔女だったのだが……流石(さすが)にこれを口にすると嫌われることは確定なので、俺は取り敢えず際どい部分は口にせずに魔女かなと伝えた。

「魔女かぁ。悪い魔法を使う魔女……良いねぇ！」

どうやら大丈夫な答えだったようで安心した。

「隼人君はどんなコスプレをするの？」

「……聞かないでください」

「えぇ？　聞きた～い！」

いちいち反応が子供っぽい人だな……これもまた新しい発見だ。

どんなコスプレをするのかしつこく聞いてきたので、取り敢えず俺はとある漫画に出てくるキャラクターでも真似ると伝えておいた。

（ここでカボチャの被り物とかレーザーソードとは言えないからな……）

それはバレてしまうとかそういう心配ではなく、彼女にとって辛い出来事になったそれを少しでも思い出させないためにだ。

「それじゃあ何か欲しいモノは？」

「まあ近日発売するゲームくらいかな」

「なるほど。ちなみにあたしにも欲しい物あるんだよね」

「教えてくれるの？」

「もちろん♪」

あの藍那さんが今欲しがる物とは何なのか、彼女は微笑みながら教えてくれた。

「えっとねぇ……う～ん、教えてあげるとは言ったもののちょっと曖昧にしちゃうけどごめんね？　物とはちょっと違うんだけど、それが姉さんと被っちゃってね」

「そうなんだ」

「うん。それはこの世界に一つしか存在しないからさ。あたしは姉さんのことも大好きだし二人で共有しようと思ってるんだよ♪」

「そんな物があるんだな……」

世界に一つだけって何だろうか……それが何かは気になるが別に聞き出そうとまでは思わない。

藍那さんは更に笑みを深めて言葉を続けた。

「今はまだあたしだけがそれを見つけてて姉さんはまだ気付いてないの。すぐに姉さんも気付くとは思うけど、それまではあたしが独占しようかなって」

「へぇ……ていうか、話聞いてて思ったけど本当に二人は仲良いんだな？」

「そりゃあね！　だってずっと一緒に居た姉さんだし、それこそどんな時だってあたしの傍に居てくれたから」

藍那さんの言葉からは強い亜利沙さんへの信頼と親愛が感じ取れた。

亜利沙さんのことを思い浮かべながら話しているのか、彼女の表情はどこまでも優しくて……そして楽しそうだった。

「藍那さんは……お姉さんのことが——」

大好きなんだね、そう言おうとした時だった。

俺の目の前に垂れてくる何か、それは天井から糸を垂らしている蜘蛛だった。

「っ⁉」

突然の蜘蛛の出現に俺は思わずドドドッと音を立てるように移動したが、俺とは違い藍那さんは一切慌てることはなくむしろ蜘蛛に向かって、そっと指を伸ばす。

「触れるの？」

「うん。あたし、蜘蛛とか結構好きだし」

「そうなの⁉　女の子なのに珍しいな……」

「そうかな？　ということは隼人君は嫌いなんだ？」

「嫌いというより苦手なんだ」

基本的に俺は足の多い生き物が苦手なので、蜘蛛もあまり得意ではない。

藍那さんが触っている程度の小さい蜘蛛なら全然大丈夫なんだけど、時々見かける大きな蜘蛛とかになると悲鳴を上げるかもしれない。

「蜘蛛って頭が良いと思うんだよね。糸で自分のテリトリーを形成して、そこに入り込んだ獲物は絶対に逃がさない。弱るまで待って最後にはパクリと食べるの」

指に乗せていた蜘蛛を優しく逃がした藍那さんは俺を見た。

「自分の欲しいモノを甘い誘惑で誘い込み、糸を出して包囲網を作りその獲物を絡め取る……うんうん、なんかこう言うとかっこよくない？」

「そうかなぁ？」

「むぅ、あたしだけかぁ……」

かっこいいと言うより怖くないかな？

胸の下で腕を組むようにした藍那さんは思いの外、蜘蛛の話が俺にウケなかったことが悔しいのか、むむむと唸り続けている。

「あ、じゃあさ！　お互いの恋愛についてのお話ししようよ！」

名案だと笑顔一色になった藍那さんだけど、俺としては自身の恋愛に関してはちょっと悲しい過去があるわけでして。

「あたしは今まで誰とも付き合ったことないんだよね……ってこれだと全然面白みがないじゃん!!」

「自分でツッコミを入れるんだ」

「隼人君はどうなの？」

「俺は……」

実は中学の頃に少しだけ、本当に数日間だけど付き合った女の子が一人だけ居た。

でも結局、お互いに気持ちが通じ合わないことが増えてしまってすぐに別れた。

「……居たの？」

「まあ……でもすぐに別れたよ」

これで高校が同じとかなら気まずかったかもしれないけど、幸いにも違う高校に進学したのでもう会うことは……たぶんないかな。

「ふ～ん」

さっきまでの笑顔を引っ込めて俺を見つめる藍那さんだったが、俺は彼女の背後にある棚から本が落ちそうになっているのが目に入った。

まさかと思った時には既にガタッと音を立て、かなり厚めの辞書が落下した。

「危ない！」

「えっ？」

藍那さんの肩に手を置き、そのままこちらに引き寄せるようにした。

驚いた声を上げた藍那さんだが、すぐに鈍い音を立てて地面に辞書が落ちたことで何が起きたのか察したようだ。

至近距離にある俺の顔と落ちた辞書を交互に見つめる藍那さんに、何も怪我（けが）がなさそうで俺は安心した。

あの強盗が持っていた刃物に比べれば辞書の殺傷力なんて生温い、それでも頭にでも落ちてしまったら当たり所によっては危なかったかもしれない。

「良かった」

安心したのもあってそんな声が漏れた。

すると、藍那さんはいきなり身を震わせ始めた。

「……やっぱりだ間違いない……この手だ……あはっ、あはははははっ！」

突然笑い出した藍那さんから俺は離れた。

誰だっていきなり近くに居る女の子が脈絡もなく急に笑い出したら驚くに決まってる。

「ごめんね。助けてくれた隼人君がかっこよくて嬉しさから笑いが出ちゃったの」

いきなり笑い出してかっこいいって言われても嬉しくない……って、割と長めに話をしていたせいかもうすぐ昼休みが終わってしまうぞ!?

「藍那さん！　もう昼休み終わるから戻らないと!!」

「え!?　うわほんとだ！　戻ろう隼人君!!」

思ったよりも話し込んでしまったけど、藍那さんとの会話は楽しかった。

そろそろ昼休みが終わるというのもあって他の生徒の姿はそこまでなく、俺と藍那さんが揃って廊下を急いで歩いているのも特に誰も気に留める人はいなかった。

▼▽

「姉さん、入っても良い？」

「藍那？　良いわよ」

既に外も暗くなった夜のこと、あたしは姉さんの部屋を訪れていた。

姉さんは椅子に座って机に頬杖を突いたまま、ボーッとしてノートを眺めている。

「頬杖はあまり突かない方が良いらしいよ？　顎に負担が掛かるし後になって顎関節症とかに悩まされるって」

「……そうね。でも……はぁ」

あたしの言葉を聞いて姿勢を正したけれど、姉さんはまたため息を吐いた。

あたしは姉さんの後ろから抱き着くようにして身を寄せると、姉さんもあたしの手に自分の手を重ねてきた。

「そんな風にため息ばかり吐いてもあの人には会えないよ？」

「分かってるわ。でもあの日からずっと考えてしまうのよ……あの方に会いたい、私たちを助けてくれたあの方に」

その言葉にあたしも頷いた。

数日前、あたしたち家族は家に入り込んだ強盗に襲われるという滅多にない事態に見舞われ、後少しで犯されてもおかしくないほどに追い詰められてしまった。

そんな絶体絶命のピンチに現れたあの人——カボチャの被り物をした男性にあたしたちはまんまと心を奪われてしまった。

「一目惚れってのも変な話だけど、あんな絶望的な状況で助けてもらったんだもん仕方ないよね」

「そうよ……だから私は会いたいの。会ってお礼がしたい……会ってお返しがしたいの。私の全てを使って、あの方に私の全部で——」

姉さんは完全に自分の世界に入ってしまった。

目の前に居ないはずの彼を思い浮かべるように、姉さんは虚空へと語りかける。

「私……あなたに隷属したいわ。体だけでなく、心も……魂も全てあなたに捧げたいのよ。ねえ名も知らないあなた、あなたは一体どこに居るの？」

誰も居ない空間に伸ばされた手をあたしが握ると、姉さんはふと我に返るようにしてあたしを見つめた。

「……ダメね私ったら。藍那が傍に居るのにあの方のことばかり……」

「別に良いじゃん。あたしだって似たようなものだもん」

そう、あたしだって姉さんと似たようなものだ。

あの出来事はあたしたちに強烈な恐怖と悔しさを植え付けた後、助けてくれた彼を求めてやまない欲も植え付けた。

「姉さんのこんな顔をクラスの男子が見たら何て言うかな？」

「下劣な連中の話はやめて。あの告白のことを思い出して吐き気がするわ」

「おっとごめんごめん」

一昨日、クラスの男子に姉さんは呼び出されて告白をされた。

あの告白が無意味なものであることは当然だったけど、その時も姉さんはこんな風にあの男子に対して思いつく限りの罵声を口にしていた。

「姉さんは大変だねぇ」

「他人事じゃないでしょ？　藍那だってよく告白されるじゃないの」

「まあね。本当に面倒ったらないよ」

嫌悪感から無意識に声が低くなったのが自分でも分かった。

「藍那は男子に少しでも触れられるのがダメでしょう？　その点においては私よりも酷いと思うけど」

「仕方ないじゃん。本当に触れたくもないんだから」

そう、あたしは男子に触れたくもないほどに嫌悪している——不注意か何かで体がぶつかったりしない限り、絶対にあたしは男に触れることはない。

「……っ」

「藍那？」

誰にも触れることはないと、そう思ってたけど、今日の昼休みのことを思い出す。

姉さんが気になってしまうほどに、急激に頬が熱くなったあたしは姉さんに背を向けて扉に向かう。

「戻るの？」

「うん」

「そう……あぁそうだわ。藍那、別に無理にとは言わないけど同じクラスの男子の名前くらいは覚えなさい。咄嗟の時に困るわよ？」

「あ～、まあ頑張ってみるよ」

あたしはクラスの男子の名前を碌に覚えていない、だって必要がないからだ。

名字はともかくとして、名前を呼ぶ必要性をあたしは全く感じないので覚えようと思ったことは一度もない。

「それじゃあ姉さん、おやすみなさい」

「おやすみ藍那」

そう言葉を交わしてあたしは自分の部屋に戻った。

「……ふぅ」

頬の熱はまだ引いてくれず、きっと今のあたしの顔は真っ赤になっているはずだ。

それもそのはずであたしは気付いてしまったから……彼のことを、隼人君のことに気付いてしまったからこんな風になってしまっている。

「あぁ♡」

熱を持つのは頬だけでなく体全体にまで及んでいく。

体の火照り（ほて）りを発散させるかのようにあたしは自身の体に手を這（は）わせながら、隼人君のことを含めて今までの自分を思い返してみた。

▼▽

男なんて下劣で野蛮、下品というのは亜利沙にとっても……そして妹である藍那にとっても同じ考えだった。

もちろん最初からそんな考えを持っていたわけではなく、彼女たちが歩んできた人生がそう思わせることになってしまった。

「おいで藍那ちゃん、少し先生とお話ししようか」

まだ何も分からなかった小さな頃、その時から姉妹二人は周りから浮いていると思わせる魅力を放っていた。まだ小学生でありながら担任すら狂わせる幼い色香、幼さと色香は矛盾しているが……それだけ彼女たちはある意味で異質だったのだ。

担任の教師に体を触られ、それに気持ち悪さを感じても一体それが何を意味しているのかは分からない。藍那は気持ち悪さを感じてその場から逃げたが、それ以降も担任から呼び出されることが続いた。

もちろんこれは明らかな犯罪であり、この出来事を疑問に思った藍那が母に相談し事件は明るみになった。このような経験があり藍那は無意識に異性から見つめられることに嫌悪感を抱くようになり、歳を重ねてからはあの時された行為が如何に悍ましいことかを理解してしまった。

「……気持ち悪い……気持ち悪い！」

気持ち悪い、そんな一つの感情だけが藍那の心を支配した。

姉の亜利沙もそうだが、二人とも男から欲望にまみれた目を向けられることが多かった。同級生からもそうだし大人だってそう、早くに亡くなった父以外の男に心を許すことが出来ないような環境が彼女たちの周りに形成された。

「よろしく新条さん。俺は〇〇って言うんだ」

そう言って差し出された手を藍那が握り返したことはない。名乗られても何故か下の名前だけは覚えることが出来ない。必要ない、興味がないと藍那の心が男という存在を遠ざけようとしているためだ。

「好きです新条さん！」

「ごめんね？　恋愛には全く興味がないんだよあたし」

母から受け継いだ類い稀なる美貌、姉と共に藍那は否応なく男子の人気者となった。数多の告白を鬱陶しいと思うのは当然だが、自分の顔の良さとスタイルの良さが男の情欲を誘うほどに優れたものであることは理解している。

しかし、この顔も体も母から生まれ、父にも可愛いと言われたものだ。そのことに誇りを持つからこそ、どうしてこんな体で生んだのだと文句を言う気は一切なかった。

成長するにつれ、姉と共に美しさに磨きが掛っていく藍那だったが、ある日こんなやり取りを聞いてしまった。

「新条さんたちマジで美人だよなぁ」

「あぁ。あんな人たちとエッチしてえ！」

「胸もデカいし揉みごたえヤバそうだよな。何カップくらいなんだ？」

吐き気がする会話だった。

彼らは同じクラスの男子、当然名字は知ってても名前は分からない。藍那は静かにその場を立ち去った。

「……やっぱり男なんてゴミだよ。誰も彼も体のことばかり」

少女漫画で描かれるような恋愛に憧れがなかったわけではない。だが現実の男子が話をするのは藍那の外見のことだけだ。エッチをするということは愛し合う行為、その延長線上が子作りになるわけだが……そのことを考えただけで藍那は猛烈な吐き気に襲われるようになってしまった。

そのように男に対する嫌悪感は日々募っていき、そうした日々を送っていた時にあの事件が起きた。家に強盗に入った男は愛する母を人質に取り、亜利沙と藍那に服を脱ぐようにと命令した。

「なんであたしたちがこんな目に……こんな……っ！」

結局、どこまでも自分たちは不幸なんだと思うしかなかった。

藍那たちが高校に入学してから、急成長した下着ブランドを展開する会社を経営する母のおかげもあり、お金に困ることはなく、母も姉も大きな愛を藍那に注いでくれた。大凡(おおよそ)生活することに関して不自由はなかったが、それでも父を失った時からどこか歯車が一つ外れてしまったのは間違いない。

「おいガキども、母親を殺されたくなかったら服を脱ぎな」

「……っ！」

ずっと守り続けていた純潔がこんなところで失われるのか、もう藍那の中には諦めがあったもののこれで少しでも姉と母が救われるなら安いモノだと考えた。そうして全てを諦めていた時、彼が……カボチャの被り物をした救世主が現れた。

突如現れた彼は瞬く間に男を無力化し、藍那たちを助けた。

「もう大丈夫だ」

大丈夫だと、その一言にどれだけ救われただろう。

目元のくり貫かれた穴の部分から見えた隠された素顔、そこから覗く瞳にはとてつもない優しさに溢れていた。言葉と共にそんな光を見せられてしまった藍那はドクンと心臓が跳ねる音を聞いた。

姉も母も彼の言葉に安心をしたと同時に心の支えを求めてしまうほどに、藍那たちはあの瞬間完全に彼に心を奪われてしまったのだ。

「どこに……どこに居るのかなぁ」

名前も名乗らずに去っていってしまった彼、だが再会は思ったよりも早かった。

姉や友人たちと共に学食に向かったその時、藍那は自分を見つめる一人の男子と目が合ったのだ。

「……っ⁉」

その時の彼の瞳、それがあのカボチャの中から覗いていた瞳と一致した。そのことに驚いてすぐに目を逸らしてしまったが、藍那の心臓はドクンドクンと五月蠅いほどに鼓動し、頬は熱を持ったように急激に熱くなった。

藍那と目が合った男子の名前は堂本隼人。近所に住んでいる男子で会えば会釈をする程度の間柄だった。

「……あはっ♪」

まだ確定じゃない、それでも藍那の心は彼があのカボチャを被った彼だと叫ぶ。姉に一言入れて藍那はその後ろ姿を追った。彼らが席を立った後、話していた内容はハロウィンのことだった。

隼人がカボチャの被り物とレーザーソードという玩具を買ったこと、その時点でほぼほぼ確信に変わりかけていた。そして決定的だったのが放課後、告白を受ける姉を迎えに行った際に隼人に出会い話をしたことだ。

男子との会話に楽しみを見出したのは初めてで、こんな時間がずっと続けばいいとさえ思ってしまうくらいだった。向かい合った際の背丈、話をした時の声質、再び確かめた瞳に宿る光、完全に隼人があの時の彼だと確信出来た。

それからはもう藍那の頭の中は彼のことだけだった。

今まで嫌悪していた男という枠の中から隼人が外れ、完全に己の内側に入ってきた瞬間……そして当然こんなことも想像した。

自分とエッチしたいと言っていた男たちの会話、気持ち悪く吐き気を催すようなその行為の相手が隼人だったらと想像してしまったのだ。

「……はぁ……隼人君……隼人くぅん……」

彼が藍那の体に触れ、隅から隅まで愛してくれることを想像した。それだけで藍那の体は歓喜に震え、脳を痺(しび)れさせるような何かが駆け抜ける。眠り続けていた雌の本能が開花した瞬間だった。

エッチをするその延長にあるのは子作り、この体の中に彼の子供を身籠る……その響きのなんと甘美なことか。嫌悪していた行為は相手が変わるだけでここまで藍那を変えてしまった。

「欲しいよ……隼人君が欲しいよぉ」

もう元には戻れない。

それを藍那は実感し、それでも構わないと情欲に染まった笑みを浮かべた。

まだ姉は彼のことを知らない、だからそれまではどうか自分が隼人のことを独占しようと悪戯心が芽生える。自分の体が魅力的なものだと理解している、ふとした瞬間に胸や足に隼人の視線が向かうことも気付いていた。

「孕みたい……孕みたいなぁ」

愛し合いたい、その上で彼の子供を身籠りたい……そんな溢れ出しそうになるとてつもない想いを藍那は抱くことになった。

ふと想像の中の隼人が口を開く。

『藍那、俺の子供を産んでくれ』

「……っ〜〜〜〜〜〜〜!!」

▼▽

「……うあああああああんっ♪」

あたしはついつい甲高い声を上げてしまった。

自分のことを思い返していたら途中から隼人君のことばかり考えてしまい、彼に対する想いが溢れて体が絶頂へと導かれた。

「ふぅ…ふぅ……ふぅ♪」

息は絶え絶えなものの体と気持ちは凄く満足しており、あたしは余韻に浸るようにして隼人君のことを思い浮かべた。

「……素敵だよ隼人君♪　好きぃ……好きなのぉ♪」

人間、心持ち一つでこうも変わるんだと自分でビックリするくらいにあたしは変わってしまった……ううん、姉さんだってそうだ。

「あたしは隼人君の子供が産みたい……姉さんは隼人君に隷属したい……ちょっと濃すぎるんじゃないかな、あたしたち」

それでも構わない、彼の傍に居られるならとあたしは一人で納得した。

でも一つだけ気に入らないことがあった。

「隼人君、中学生の時に恋人が居たって言ってた」

それを聞いた時、あたしの中に沸き起こったのはとてつもない嫉妬だった。

どこの誰とも分からない人があたしの知らない隼人君を知っている、あたしたちがまだ手に入れていない居場所を手に入れることの出来た相手に嫉妬したのだ。

「ふふっ、でもだからなんだって話だよね。そんな過去の相手なんて忘れさせてあげるよ。だから覚悟してね隼人君……あたし、隼人君のためなら何だってするから」

今のあたしは一体どんな顔をしているのだろうか、自分で言うのもなんだけどもしかしたら他人には見せられない顔をしているかもしれない。

「ふふ……アハハハハッ！」

隼人君のことを考えると気持ちが抑えられない、せっかく発散したのにまたしないとなとあたしは再び自分の体に手を這わす。

「隼人君、次はいつ会えるかな？」

そう呟き、あたしはまた自分の世界に沈んでいった。

二、本格的な彼女たちとの時間

otokogirai na bijin
shimai wo namae
mo tsugezuni tasuketare
ittaidounaru

あたし、新条藍那にとって隼人君との出会いが全てを変えてくれた。

日常的な変化はまだ何もないけれど、恩人である彼のことを考えるだけで幸せに浸ることが出来る……もっと欲しい、もっと彼との繋がりが欲しいと求めてしまう。

「藍那はこれからどうするの～？」

「あたしはちょっと休憩するよ。姉さんにも伝えてくれる？」

「分かった！　それじゃあまた後で合流ね！」

「うん」

隼人君のことばかり考えてしまうけれど、それは決して表には出さない。

彼の前だと流石にいつもと違う姿になってしまうのは仕方ないものの、今はまだ姉さんの前でもこの浮かれようは見せられない。

「……何だろう、こっちから隼人君の気配がする」

あたしは彼の気配に誘われるかのように歩き出した。

今は体育の時間だけれど金曜日最後の授業ということもあって、先生からは一週間頑張ったご褒美にとある程度の自由があたしたちには与えられていた。

勝手に教室に戻ったりしなければ極端なことを言えば居眠りさえも許されるので、さっきまでソフトボールを楽しんでいたあたしを含め、他の子たちも思い思いに休憩をしている。

「さてと、隼人君はどこかなぁ……」

体育の時間とはいえ、クラスの違う隼人君をどうして探しているのか、その理由は単純で本日の体育は彼のクラスとの合同だったからだ。

いつもと違う面々の視線も集まって嫌な気分にもなったけど、時折隼人君と視線が合うだけでその気持ち悪さも軽減される……ううん、それどころか逆に体が火照ってしまうのだから隼人君は罪な男の子だよ。

「姉さんごめんね。もう少し……もう少しだけあたしに隼人君を独占させて。一番最初に見つけたあたしの特権ってことで♪」

傍に居ない姉さんに謝罪をしてから改めて隼人君を探す。

彼の近くに誰か……それこそあの仲の良さそうなお友達が居たら流石に近づけないから

諦めるしかないけれど。

「……あ」

しかし、案外あっさりと隼人君は見つかった。

校庭の一角に植えられている大きな木の陰で、彼はその木に背を預けるようにして気持ち良さそうに眠っていた。

あたしは足音を立てないようにゆっくりと彼に近づき、その隣に腰を下ろして彼の寝顔を見つめた。

「……良いなぁ」

ジッと見ているだけで吸い込まれそうになるほどに穏やかな寝顔だ。

テレビなどで見るようなイケメンとは言われないかもしれないけれど、あたしにとっては世界で一番かっこいい人だと思っている……ねえ隼人君、それだけあたしは隼人君に夢中なんだよ？

「……匂いくらい嗅いでも良いよね？」

ドキドキする心を抑えてあたしは隼人君に近づく。

すんすんと鼻を鳴らすようにしながら近づくと、男性だと感じさせる香りがあたしの鼻孔をくすぐってきた。

「っ……マズいかもこれ」

こうして彼の寝顔を見ているだけでも疼いてくるのに、彼の汗の香りまで嗅いでしまったら下腹部がキュンキュンとしてしまう。

「……ごくりっ」

あたしが目を向けたのは隼人君の無防備な左手だ。

気付かれないかな、目を覚まさないかなとドキドキしながらあたしはその手を握ると、持ち上げた。

「すぅ……すぅ……」

良かった、隼人君は全然目を覚ます気配がない。

それを知ったのをいいことに、あたしは隼人君の手を自身の頬に当て……そして体が歓喜に震えた。

直接頬に当たっている彼の手に幸せを感じながら、あたしは更に大胆な行動に出てみた。

「ねえ隼人君、隼人君は大きな胸は好きかな？」

そう問いかけながら、あたしは自分の胸に隼人君の手を添えた。

自分で言うのもどうかと思うけれど、あたしの体は多くの男子が求めるほどに成長したものだと理解している。

姉さんよりも僅かに大きなあたしのバストは最近になって九十という数値を突破したけど、まだまだ成長している。

「隼人君には蜘蛛（くも）の話をしたよね？　こうやって段々と罠（わな）を形成して……最後にはパクッて食べちゃうんだから♪」

あぁ……まだまだ満足出来そうにない。

あたしは慎重に様子を見ながら、隼人君の手を下半身の方へと移動させた。

「……ああっ♪」

パクッと食べちゃう、そうは言ったけどあたしとしては逆に隼人君に貪ってもらいたい……なんてね♪　もちろん本心だよ？

▼▽

「……あ？」

ふと目が覚め、俺は辺りを見回した。

「……あぁそうか。運動した後に疲れてそのまま寝たんだっけな」

週の最後の体育は教室に戻ったりしなければ何をしても基本的に良いとのことで、こうして寝てても怒られたり成績に関わったりしないのは控えめに言って最高だと思う。

「⁉」

ただ、俺はそこで横からジッと見つめてくるような視線を感じた。

「……え？」

「やっほ♪」

そこに居たのは藍那さんだった。

俺の肩にピッタリくっつくとまではいかないが、それほどに近い距離に彼女の顔があったせいで俺は反射的に腰を浮かせて距離を取った。

「ああん！　なんで離れちゃうの～？」

そんな近くに君が居たら誰だってそうなるのでは……でも、離れようとするとムッと不満そうな表情を浮かべたのでやめておいた。

「……あと十五分もあるのか」

授業の終わりまであと十五分、もう少しゆっくりしていようかな。

「どうして藍那さんがここに？」

「ソフトボールしてたんだけどもう休憩しようかなって思ってね。それで静かになれる場所を探していたら隼人君を見つけたの」

「なるほど」

　確かにここはちょうど木陰で太陽の光も遮られているし、心なしか届くクラスメイトの声も遠い気もして凄く静かだ。

「なんかさ……本当に最近よく藍那さんと話してるなって感じがするよ」

「それはあたしもだねぇ。凄く新鮮な気分♪」

　ニコッと笑って藍那さんはそう言った。

　相変わらず見惚れてしまいそうなほどの綺麗な微笑みにドキッとした俺は、動揺を隠すように別の話題を口にする。

「そういえばお姉さんの傍には居なくて良いの？」

「むぅ、隼人君はあたしとお話するのが嫌なの？」

　しかしまさかのカウンターが俺に襲い掛かった。

　決して嫌なんてことはなく、むしろ嬉しいとさえ思っているが……俺は素直に思ったことを伝えた。

「気後れするんだよ少し。美人姉妹として有名な藍那さんと話してるとさ」

　これはお世辞なんかではなく本音だ。

　藍那さんは一瞬下を向いて体を震わせたかと思えば、すぐに顔を上げてまた嬉しそうに笑ってくれた。

「美人って言われるのは悪くないねぇ。そっかそっか、隼人君はあたしのことをそんな風に思ってくれてるんだ」

「俺だけじゃなくてみんな思ってるよ」

そうじゃなかったらこうして学校単位で有名になってはいないだろう。

「……要らないよ。隼人君以外の言葉なんて」

「え?」

「何でもな〜い♪　あ〜あ、もう少し話していたいのに時間だね」

「……うん!?」

時計を確認すると、そろそろ先生のところに集まらないといけない時間が近づいていた。

慌てるようにして俺たちは立ち上がったが、その拍子に藍那さんが少し体勢を崩してしまいそうになり、俺はすぐに彼女の体に手を添えた。

「あ、ありがとう隼人君……」

「……おう」

しかし、ここで一つ問題が発生してしまった。

こちらに倒れ込むような姿勢だったせいで、俺の片手が藍那さんの豊満な胸元に当たってしまったのである。

「っ……」

「隼人君、怒ったりしないから安心してね？　助けてくれたんだから逆にありがとうだよ♪」

変態或いは触らないでと言われてビンタの一発は覚悟したがそんなことはなく、藍那さんの笑顔に俺は彼女が女神か何かに見えた。

「最近、隼人君はあたしとよく話すことがあるって言ってくれたけど、あたしの方としては隼人君に助けられることが多いね本当に」

「……あ〜、前も辞書が落ちることあったもんな」

「どうして……そんなに助けてくれるの？」

「え？　そんなの当たり前じゃないか？」

困っている人が居たら助けるのは当たり前だ。

もちろん状況によりけりというのはあるのだが、誰かを助ける……或いは守るという姿を俺は父さんから学んだというのも大きいのかもしれない。

「…………」

家族のことを考えて黙り込んでしまった俺を藍那さんが心配そうに見つめてきた。

「ごめんごめん、ちょっと思い出すことがあってさ。ていうか話をしてる場合じゃないって藍那さん！」

「そうだね！　急ごう隼人君！」

前もそうだったけど藍那さんと関わると時間に追われるのは気のせいかな？

そう問いかけると藍那さんはそんなことはないと言いつつも、もしかしたらそうかもと表情がコロコロと変わり、そんな彼女を見ているのは本当に楽しかった。

「ねえ隼人君、あたしは徐々に糸を絡めていくから」

「糸？」

「うん。言ったでしょ？　あたしは蜘蛛が好きだって」

どういう意味なのか分からなかったのは勉強不足ではないと思いたい。

その後、俺と藍那さんは無事にみんなと合流し、二人で戻ったことで少し視線を集めたが大したことはなかった。

それというのも……まあ俺みたいな奴（やつ）が藍那さんと万が一はないとみんなが思っているからだろうか。

「珍しいな。隼人が新条妹と一緒だったなんて」

「ちょいそこで一緒になっただけだよ。色っぽい話は欠片（かけら）もねえわ」

「ははっ、そいつは分かってるよ」

とはいえ、彼女と至近距離で話をしたり胸に触れてしまうようなアクシデントはあったが、当然それを友人たちに話すわけにもいかない。

「それじゃあみんなお疲れ様だ。解散！」

先生の声を聞いて一斉に俺たちは動き出す。

そんな中、俺は藍那さんと話をしていて実は気になっていたことがあった。

「……なんだ？」

それは左手の指にヌルヌルとした液体が付着していたのだ。

そこまで粘り気はないのだが、僅かに糸を引く程度で……おまけに匂いとしては酸っぱいような甘いような、表現の難しい香りだが嫌な感じはしなかった。

「藍那はどこで休憩していたの？」

「あたし？　あたしはねぇ……？」

亜利沙さんと仲良く話をしている藍那さんと目が合うと、彼女は一瞬ではあったがウインクをした。

「どうしたの――」

「何でもないよ～。早く戻ろうよ姉さん」

「え、えぇ……」

そのまま藍那さんは振り返ることなく歩いていったが、今のウインクに反応したのは俺ではなかった。

「な、なあ……今新条さんウインクしたよな？」

「俺にしたんだよきっと！」

「いいや俺だね！」

傍を歩いていたクラスメイトの男子がそんな風に盛り上がる中、今のはたぶん俺に向かってだよなと口には出さずとも思えるくらいには、藍那さんと仲良くなれたんだなとちょっと嬉しかった。

（こう言うとあれかもしれないけど、藍那さんって嵐みたいな人だよな）

亜利沙さんの告白現場に居合わせ、何が彼女に気に入られたのかこうして話をするような間柄になったけれど、俺からすれば藍那さんのように容易に内側に入り込んで自分のペースに誘い込むのは嵐そのもののような勢いだ。

（……まあでも、藍那さんにしても亜利沙さんにしてもあのことは気にしないで過ごしているようで良かった）

女性にとってあのような経験は本当に恐ろしくトラウマが残ってもおかしくはないはず

だ。

それでも普段通り……いや、俺は別に彼女たちの普段を知っているわけではないものの、傍に居る友人たちが変わらない様子で接しているということは彼女たちも普段通り過ごせているんだろう。

（それだけでも俺があの時、頑張った甲斐があるってことだ）

体を張って良かったなと、俺はまた心からそう思うのだった。

「どうしたんだ隼人」

「何ニヤニヤして……まさか、エロいことでも考えたな⁉」

「なんでそうなるんだよ」

せっかく人が悦に入っていたというのに、邪魔をしてきた友人二人に文句を言いつつ教室に戻るのだった。

週の最後の授業も終わりを迎えたことで後は帰るだけだったが、俺はふと教室の窓際に置かれていた花瓶に目が向いた。

「……おいおい、水換えてねえじゃん」

他のクラスがどうかは知らないが、うちのクラスでは基本的に花瓶の水は日直が換えるのが決まりだった。しかし、既に今日の日直の姿は教室に残っておらず濁った水のまま……俺はため息を吐いて花瓶を手に取った。

「換えとくか。こいつも綺麗な水の方が嬉しいだろうし」

水道のある場所まで向かい、綺麗な水に取り換えた。

別にこれくらい気にしなくて良いだろうって言う人は多いと思うけれど、母さんがよく花の水を換えたりしたこともあって、それでこういうのに気付くと見過ごせないんだ。

「よしっと、こんなもんで良いだろ」

新鮮な水を手に入れてこいつも心なしか元気が出たようだ。

「……こういう小さなことでも、亡くなった母さんとの繋がりを感じられるから悪くないんだよな」

もちろん父さんのことも……ったく、こうやって家族のことを思い出すと仕方ないとはいえセンチメンタルな気分になってしまう。

「とっとと帰るか」

その後、俺は花瓶を元の場所に戻して学校を出た。

家までの帰路を歩く中、本当に今週は色々あったなと物思いに耽る……いや、マジで冗談抜きに色んなことがあった。

「気のせいかもしれないけど……何かこう、色々と変わりそうな予感がするな」

まるで自分が予言者にでもなったような感覚だったが、不思議と笑い飛ばすことも出来ずに、俺はその予感を感じながらハロウィン当日を迎えた。

翌日の土曜日、待ちに待ったというほどでもないが辺りが暗くなった頃、俺は颯太の家に向かった。

俺が手に持っているのは少しばかりの果物とコスプレのために用意した例のアイテムたちだ。

「お前を被るのもあの時以来か」

袋から覗くカボチャの被り物……相変わらず憎たらしい顔をしてやがるぜ。

あんな出来事があったというのに、そんなことは気にせずに「今を楽しく生きろよ兄弟」とでも言わんばかりの顔だ、このカボチャは。

「でもこいつがあったからあの時あの強盗の前に出ていく勇気が持てたようなもんだからなぁ……ま、今日も頼むぜ相棒」

ポンポンと袋越しにカボチャを叩き、俺は颯太の家に着いたのだった。

ちょうど魁人も同時くらいに来ていたようで、パーティ会場となる中庭に颯太の母親に案内されたのだが、そこに居たのはガチなコスプレ姿の颯太だった。

「よく来たな！　今日は楽しむぞ二人とも!!」

そう言って俺たちを出迎えた颯太に、俺と魁人は思いっきり声を上げた。

「お前気合入りすぎだろ！」

「一瞬誰だよお前ってなったぞ！」

俺と魁人がそう言ったのも無理はなく、目の前の颯太は魔術師のような出で立ちで立派なのは衣装だけでなく、手に持っている魔法の杖のようなものもかなり金が掛かっているような作りをしている。

「オタクとして当然だろうが！　でも俺の本気はまだまだこんなものじゃないぞ！」

「……いやすげえわマジで」

SNSとかでコスプレをしている人の画像は見たことがあるものの、それに引けを取らないほどの完成度と言っても良いんじゃないか？

颯太がオタクなのは元々知っていたしコスプレも趣味にしているとは聞いていたけど、ここまでとは思わなかった。

「ほら、お前らもはよ着替えてこいって」

「……お前の後だとなぁ？」

「俺らなんかマジで普通も普通じゃねえか」

そんなこんなで俺と魁人もすぐにコスプレをして中庭に再び集合した。

魁人はドラキュラをモチーフにしたコスプレをしており、スーツとマントを着飾り顔にペイントをしてそれっぽくしている。

「ドラキュラは定番だと思ったんだよ」

「中々良いんじゃないか？　それに比べて……」

二人が目を向けたのは俺だ。

俺は普段の私服にカボチャの被り物と玩具のレーザーソードを手に握っているだけでしかない。

「……芸がないな」

「うるせえよ。良いんだよ俺はこれで」

確かにもう少し凝った方が良かったのではと思わないでもなかった。

今の俺のスタイルは完全に新条姉妹と母親を助けに行った時と同じスタイルで、流石にこの姿で彼女たちの前に出るわけにもいかない。

（ま、この姿になるのも今日が最後か……来年もこうして集まるのなら分からないけどさ）

そんなことを考えていると二人が俺をマジマジと見つめながらこう言ってきた。

「……でもなんか雰囲気あるよな」

「確かに……強者の出で立ちなんだけど」

「なんやねんそれ」

どうやら彼らには今の俺はとても強い奴(やつ)のように見えているらしい。

彼らのよく分からない期待を滲(にじ)ませた瞳に応えるように、俺はレーザーソードを手に剣道をやっていた頃を思い出すように、しなやかな動きで素振りをしていると二人が拍手をしてきた。

「マジで強そうじゃんか」

「心なしかちょっと怖くなってきたかもしれん」

「だからなんでだよ！」

今の俺に対して怖いは普通に言い得て妙なのだからやめてほしい。

久しぶりに剣道をイメージしての素振りと、彼らへのツッコミで疲れてしまった俺は椅子に腰を下ろしてカボチャを脱いだ。

「よしっと、それじゃあコスプレのお披露目(ひろめ)は終わったところで飯食おうぜ！」

俺たちが囲んでいるテーブルには颯太のお母さんが作ってくれた料理が並んでおり、実はさっきからずっとお腹がぐぅぐぅ鳴ってたんだ。

「いただきます！」

そこからはもうコスプレパーティとは名ばかりの食事会でしかなかった。

俺も魁人も颯太のお母さんが作ってくれた料理に夢中になり、成長期ということもあってそれはもうたらふく食べさせてもらった。

（……やっぱり良いもんだな手作りの料理ってのは）

学食はともかくとして、基本的に家に居る時はカップラーメンやコンビニの弁当が多くて料理をすることは滅多にない……だからこそ、こうして愛情の込もった家庭的な料理というのはやはり羨ましい部分がある。

「お代わり持ってきたわよ。ふふっ、隼人君は本当に美味しそうに食べてくれるから作り甲斐があるわ」

「ありがとうございます！　マジで最高ですよ！」

俺たち男子高校生の好む唐揚げだったりフライドポテトだったりもあって、ハロウィンらしくカボチャスープなんかも最高に美味しい。

「嬉しいねぇ。うちの息子もこれくらい素直に礼を言ってくれると良いんだけど」

「恥ずかしいんだよ察してくれ」

確かに普段から一緒に居る家族に対して感謝を伝えるのは恥ずかしいことかもしれないが、それでも伝えられる時には伝えることが俺は大事だと思っている。

「ありがとうって言うだけだろ？　言える時に言っとけって。家族は大切にするもんだぞ颯太」

「……そう、だな。うんその通りだ。ありがと母ちゃん」

素直に感謝を口にした颯太を俺と魁人は微笑ましく見つめていた。

颯太からすれば俺の発言は鬱陶しいものだと思われるようなものだったはず、それでもこうして受け止めてくれたのは俺が早くに両親を亡くしていることを知っているから、真剣に話を聞いてくれたのだと思う。

「やっぱり息子から礼ってのは嬉しいもんだね……ねえ隼人君、本当に困っていることはない？」

颯太に向けていた笑顔から一転し、彼の母が俺を見つめる表情は心配の色が濃く出ていた。

「大丈夫ですよ。以前にも話しましたけど、母方の祖父母が良くしてくれるので」

両親を忘れられない俺の意図を汲んで我儘を聞いてくれているし、お金に関しても決して困らないくらいに仕送りもしてくれている。

あの二人にとって、母の息子である俺のことをとても気に掛けてくれるのだ。また直近だと正月休みになるのか、お土産(みやげ)でも持って会いに行かないとだな。

「なあ隼人、本当に何かあったら相談してくれよ？」

「俺たちは親友なんだから。何も遠慮すんじゃねえぞ？」

「……はは、おうよ」

いつもは一緒に馬鹿やっているだけなのに、こういうところは本当に格好の良い二人は魁人も言ってくれたように最高の親友だ。

それから俺たちは近所の迷惑にならない程度に騒ぎまくった。

「なあ、せっかくこうして集まったんだから目に見える形に残そうぜ？」

「そうだな。みんなで写真でも撮るか！」

「賛成！」

確かにこんな仮装をしてただ喋(しゃべ)って飯を食うだけじゃ勿体(もったい)ないからな。

言い出しっぺの魁人の言葉に俺と颯太は賛成し、颯太のお母さんに三人並んで写真を撮ってもらったのだった。

一年に一度しかないイベント。たった三人での集まりだったけど、俺にとっては大切な友人たちとの語らいの場ということで、また来年もこんな風に騒ぎたいなと笑い合いながら約束した。

「それじゃあ今日はありがとな。先に俺は帰るよ」

「あいよ。また学校でな！」

「じゃあな〜！」

魁人はもう少し居るとのことで俺は一足先に颯太の家を出た。

辺りは既に真っ暗になり街灯の点いた道を一人で歩いていると本当に静かで、それは家に帰ってからも同じことだ。

「騒がしかったな……でも楽しかった。あはは、家では一人かぁ」

さっきまでの騒がしさからこのまま帰れば一人になり、騒がしさとは無縁のいつも通りが俺を待っている。

「寂しいもんだな……本当に」

父さんが事故に遭わなければ、母さんが病気にならなければ……今もずっと、帰れば明かりが点いていて待ってくれている人が居るはずだった。

『ほら隼人、お母さんにたっぷり甘えなさい。子供は親に甘えるものよ？』

『そうだな。今のうちに母さんに甘えておくと良いぞ。大きくなったらこうはいかないからな』

かつてこう言ってくれた両親の声が蘇る。

甘えろ……か、もうそんなことも出来ないよ……母さん、父さん。

「お前は本当に呑気そうな顔だなぁ」

両親のことを考えて沈みそうになった気分を誤魔化すように俺はカボチャの被り物を手に取った。

本当に憎たらしい顔で人を小馬鹿にしているような表情だ。

何考えてんだこの野郎と言わんばかりに俺はカボチャをコツンと叩き、俺はそれをまた被るのだった。

「ま、せっかくのハロウィンだしな。このままその辺まで歩いてみるか」

騒がしくなっているであろう繁華街の方ならいざ知らず、こうしてこんな場所でこれを被っているのを見られたら悲鳴の一つでも上げられるかもしれない……それでもこの道の突き当たりまで被りたいと思ってしまったわけだ。

「ふんふんふ～ん♪」

好きな歌手の歌を口ずさみながら気分良く歩いていく。

そして突き当たりに差し掛かり、誰か居るだろうかというドキドキを抱いていた自分を俺は呪いたくなった。

「……え？」

突き当たりを曲がった瞬間、確かにそこに人は居た……のだが、その相手が圧倒的にマズかったのだ。

「……あ」

「……あ⁉」

運命の悪戯か、或いは調子に乗った罰なのか、目の前に現れたのは一番この姿で出会ってはいけない亜利沙さんと藍那さんだった。

（なんでこんなところにこの二人が居るんだ⁉）

二人とも唖然としたように俺を見つめて微動だにしない。

どうして二人がここに居るのか、どうしてこんなところを歩いているのかと疑問は尽きないが、俺はすぐにサッと背中を向けて歩き始めた。

しかし、ガシッと強い力で肩を摑まれた。

「待ってください‼」

肩を摑まれただけでなく、その声には俺をその場所に縫い留めるような力があったかのように思えた。

俺に触れているのも叫んだのも亜利沙さんだが、彼女から感じたそれは振り解いて逃げようとする気持ちすらも封じ込めるかのようで、俺は内心でため息を吐きながら振り返った。

「何か用か？」

あまりにも抑揚のない声が出たが、やはり俺はこうして顔を隠すと普段と違う自分になれるらしい。

カボチャを被ったままの俺をジッと見つめるだけの美少女という構図、このあまりにもシュールな光景に一石を投じたのは藍那さんだった。

「ほら姉さん、この人も困ってるみたいだしまずは落ち着こうよ。近くに公園があるからあなたもどうかな？」

「……分かった」

少し考えたが、やはりこのまま去るのは難しいみたいだ。

二人に連れられる形で近所の公園を訪れ、新しく替えたらしい街灯の下にあるベンチに腰を下ろした。

「…………」

「よいしょっと」

真ん中に俺が座り、その両サイドを固めるように二人が座った。

左からは片時も俺から視線を逸らさない亜利沙さんと、右にはいつも通りの笑顔を浮かべた藍那さんだ。

（二人の美女に挟まれて肩身の狭いカボチャ頭の男……か、マジで何だこれ）

もう一度言わせてくれ、何なんだこのシュールの絵面は！

ある意味で冷や汗ダラダラの顔を見られないで良かったかなと思いつつも、さっきから熱烈な視線を向けてくる亜利沙さんをチラッと見た。

「あぁ……素敵だわぁ」

なんでこの人はこの人で恍惚とした表情を浮かべてるんだろうか。

この状況を打開する方法が見つからない俺を救うかのように、藍那さんがこう口を開いた。

「姉さん？　感動するのは心から同意出来るけど、彼を困らせるのはダメでしょう？」

「あ……そうね。その通りだわ」

そこでようやく亜利沙さんからの眼力が弱まった気がした。

藍那さんの言葉を聞いてコホンと咳払いをした亜利沙さん、彼女は落ち着いた様子で改めて俺にこう言った。

「あの時は本当にありがとうございました。私たち家族はあなたに救われました」

さっきからずっと握られている亜利沙さんの手に力が込められた。

お礼を言われたことで俺は真っ直ぐに彼女を見つめたのだが、亜利沙さんはあの時に見せた目をしている——縋るような目にも見え、頼れる存在を前に希望を見たような瞳だ。

亜利沙さんにだけ意識が向きそうになるのだが、反対側に座っている藍那さんも俺の肩に手を置いて優しく撫でてくれているようだ。

「あなたの名前を教えてはくれませんか？」

それはあまりにも切実な声だった。

これはきっと名乗るまで手を離してくれなそうな雰囲気で、俺はどうしたものかと迷ってしまうが素直に答えることにした。

それは堂本隼人としてではなく、それ以外の何者なのだと伝えるように。

あの夜と今だけの出会い、だから覚える必要はなくすぐに忘れてほしいと願うように。

「名前は……」

「…………」

俺の言葉を亜利沙さんはずっと待っている。

本名を伝えず、俺がこの場を凌ぐためだけに考えた名前はこれだった。

「ジャックだ。俺の名前はジャックだ」

ジャック・オー・ランタンから取ったこの名前、完璧じゃないか⁉

さて、二人の反応はというと対極だった。

「ジャックさん♪」

「ぷふっ⁉」

顔を赤くしながら感極まった様子でジャックと呟いた亜利沙さんと、お腹を抱えて爆笑する藍那さん。

「あなたが私の……」

とはいえ……一言良いだろうか？

ジャックと名乗ってから亜利沙さんの眼差しが更に恐ろしくなったんだが。

（今更だけどジャックってのはなかったな……恥ずかしすぎる。なんで俺は自信持ってドヤ顔だったんだ！　まあ顔は見えてないだろうけどさ！）

逃げ出したい、この恥ずかしさをどうにかしたい……でも両サイドを二人に固められているので逃げられないこのジレンマが辛い。

（……しかも二人が寄り添っているせいか胸の感触が伝わってくる）

高校生離れしたサイズとその柔らかさにクラクラしてきそうだ。

誰でも良い、この天国とも言えるし地獄とも言える空間から俺を助けてくれと心の中で叫ぶが当然助けなんてあるはずもない。

「ふふ、困ってるねぇ隼人君？」

「それはそう……え？」

俺は思わずバッと藍那さんへと視線を向けた。

「隼人君？」

亜利沙さんの方から困惑した声が聞こえるが、今の俺にはそちらに意識を割く余裕はなかった。

藍那さんは俺を揶揄うような表情では決してなく、どこまでも優しく安心感を相手に与える視線で俺を見つめていた。

「ごめんね？　実は少し前から気付いてたの。姉さんは今の今まで気付けなかったけど、あたしはもう知ってたんだ」

笑顔と申し訳なさそうな表情を織り交ぜるようにそう言った藍那さんに、俺は被り物の下で小さくため息を吐く。

どうも人というのは驚きすぎると冷静になるらしく、俺はしっかりと藍那さんの言葉を理解した。こうして素顔を隠しているのに俺のことを隼人と呼んだ、それはつまり本当に彼女は気付いていることになる。

「……ならこうして顔を隠してるのも意味ないか」

もうバレているのなら仕方ないと俺はカボチャを脱いだ。

「隼人君だあ！」

「あ、あなたは……」

カボチャを脱いだ俺にまず藍那さんが声を上げ、亜利沙さんは俺の姿を見てそれはもう驚いていた……って藍那さんちょっと近い！　さっきよりも近い！

「藍那さん？　流石に恥ずかしいので離れていただけると……」

「えぇ～？　せっかくの感動の再会なのにぃ！」

いや藍那さんは俺の正体知ってたじゃん……なんなら昨日も一昨日も話をしたし再会とか何もないじゃん？

でも、いつ彼女は俺のことに気付いたんだろうか。

それが気になったので聞いてみると、俺は更に驚愕することになった。

「姉さんの告白現場に居合わせた時だよ♪」

「……思いっきり最初やんけ」

それならあの時から気を張っていた俺の苦労は一体……ちなみに、その時は八割方確定しており、その後のやり取りで完全に把握したとのことだ。

「藍那……」

「少しの間でも独占したかったんだもん……」

「全くもう、仕方のない子ね」

俺を挟んで仲睦まじいやり取りをする姉妹二人だが、亜利沙さんの手を握る力が本当に強い。

ここまで来たらなるようにしかならないかと思い、俺は改めて亜利沙さんに視線を向けて口を開いた。

「その……黙っててごめん。いや、謝るのも違うとは思うんだけど」

そもそも俺があの時助けた人間だと名乗り出るつもりは当然なかったし、何度も言うがお礼とかも求めてはいないのだ。

それでもこうしてバレてしまったのは単純に運が悪かったのと偶然が重なった結果でもしれない。

……ああいや、藍那さんが気付いていたのなら亜利沙さんにもすぐに気付かれていたのかもしれない。

「隼人……様……っ」

「さま……？」

一瞬顔を伏せた亜利沙さんだったが、すぐに顔を上げた。

「改めまして新条亜利沙です。会えて嬉しい……嬉しいです」

目を細め、眩しいものでも見つめるような仕草の亜利沙さんに俺は困惑する。

亜利沙さんから向けられる視線には不気味な何かを僅かに感じつつも、それでも目線を逸らすことの出来ない何かがあった。

「よろしく……新条さん」

そう返事をすると、横から藍那さんが俺の顔を覗き込んでこう言った。

「あたしとはいち早く仲良くなったもんねぇえへへ♪」

「ちょっと藍那さん……？」

「……藍那？」

亜利沙さんがスッと仄暗い雰囲気を醸し出したが、すぐにその雰囲気は鳴りを潜め藍那さんに対抗するかのように身を乗り出した。

「私のことも亜利沙と名前で呼んでくれませんか？　あなたには是非名前で、遠慮なく呼んでいただきたいのです」

「…………」

名前で呼ぶこと自体は全然良いのだが、藍那さんの時にも思ったように恐れ多いという気がしてならない。

でも藍那さんのことは名前で呼んでいるし、これからも亜利沙さんのことを名字で呼ぶのはそれはそれで不公平とかになるのかな……贅沢な悩みだけど、俺は諦めたように彼女の名前を口にした。

「亜利沙さん？」

「っ……呼び捨てでお願いします。どうか私をモノのように……ごめんなさい。身近な友人のように呼んでください」

「えっと……」

だから呼び捨ては友達の段階なんだよ！

呼び捨てで呼ぶまで目を離さない、そう言わんばかりに亜利沙さんはその青い瞳でジッと見つめてくる……俺は諦めた。

「分かった。その代わりと言ってはなんだけど普通にしてくれないか？　君とは初めて話したようなものだけど、同級生なのに敬語ってのも変な気分だから」

「それは……恐れ多いと言いますか」

「それは俺の方なんだよなぁ」

俺の方なんだよそれは、大事なことなので二回言わせてもらった。

ただ敬語を抜きに話すだけなのに亜利沙さんは必死に悩みながら、そしてようやく納得したように頷いた。

「分かり……分かったわ。よろしくね隼人君」

「あぁ。よろしく亜利沙」

「……ふわぁ♪」

あまりにも整いすぎたその顔を歪めるように亜利沙さんはニヤニヤと頰を緩めた。

口元をモゴモゴさせ、下を向いてブツブツ呟く亜利沙さんが怖くて俺は思わず背後に体を反らしたわけだが、そうすると後ろに控えている藍那さんに接触してしまう。

「姉さんだけズルいなぁ。あたしのことも呼び捨てで良いよね？」

「……藍那？」

「っ……良いねぇ。キュンキュンするよ♪」

下を向いてブツブツ呟く亜利沙、体を震わせてモジモジする藍那、そんな二人に挟まれるカボチャを持った俺……本当に何だよこの光景は。

その後、流石に夜も遅いということもあって解散の流れになった。

俺は終始彼女たちのペースに戸惑っていたようなものだが、最後の最後に彼女たちに言いたいことがあった。

「二人とも、近くまで送る……いや送らせてくれ」

いくら二人でいるとはいえ、もう辺りは暗い。それにあんなことがあったのだから余計に心配してしまうんだ俺は。

「あのことがあって警察の人もこの周辺の見回りをしばらく強化してくれてるけど、それでも俺の安心のために送らせてほしい」

「心配してくれるの？」

「当たり前だろ」

「っ……隼人君♪」

女性は守られる存在、その押し付けをそこまでするつもりはないが彼女たちの場合は流石に話が違うからな。

それから俺は二人を家の近くまで送っていくのだが、送っていくというよりは二人に手を引かれて俺の方が連れていかれたようなものだった。

「それじゃあ隼人君！」

「また学校で会いましょう」

二人の美人に見送られるように、今度こそ俺は帰路についた。

なんとも濃い時間を過ごして疲れてしまったが、あまりにも彼女たちの距離が近かったせいで感じた温もりと柔らかさ、そして良い香りを思い出して頬が熱くなってしまう。

「……俺もやっぱ高校生のクソガキなんだなぁ」

なんてことを考えつつ、俺は家に帰るのだった。

▼▽

それが運命だと言うのなら、私はそれを信じるだろう。

あの強盗に襲われかけた時から数日を経て、ついに私は彼と再会した。最初ジャックと名乗った彼だったが、実は藍那と既に知り合っており同じ学校に通っている同級生だということも分かった。

「堂本……隼人君……隼人君……隼人様」

彼がカボチャの被り物を脱いで見せてくれた素顔、それをこの目で見た時ドクンとあの時の鼓動が蘇る気がした。

少し癖のある髪の毛に優し気な眼差しは正に好青年という感じがした。

筋肉質かと思えばそうではなく、けれども鍛えているのがよく分かった。もしかしたら何かスポーツをしていたのかもしれない。

色々と思うことはあったが私はたった一目で彼という存在に夢中になってしまった。もっと話をしたい、もっとあなたに見つめられたい、もっとあなたに名前を呼んでほしい。

早くあなたの所有物になりたい。

「……ふふ」

これほどの高揚は初めてだった。

あの人が私の……それを想像するとキュンキュンと体の奥が疼く。もっと彼の傍に居たい、彼を喜ばせたい、私の全てをもって彼という存在を支えたい……私はそれだけしか考えられなかった。

「それに……彼はずっと私たちを見てくれていたんだわ」

隼人君はずっと私たちを見てくれていたのだ。

近所に住んでいることは知っていたし、目が合えば会釈はしていた。どうしてもっと彼と早く知り合わなかったんだと過去の自分を呪い殺したい。彼はずっと私たちを守ってくれていたのだ。

「そうよ……隼人君はずっと私たちを守ってくれていたのよ。あの時彼が私たちを助けてくれたのは必然だったんだわ」

そうだ彼はずっと……あれ、それなら私は何をしていた？

彼がずっと私たちを守ってくれていたのに私は彼に何をしてあげたのだろう。

そうだ……何もしていない。ならばやはり私が取る道は一つだけだ。ずっと彼が私たちを守ってくれたそのことに報いるにはもう、私が彼を支えるだけの道具になるしかないじゃないか。彼を傍で見守り、彼だけのための存在であり、彼の所有物としてその傍に在り続ける。

「……素敵だわそれ♪」

彼だけのモノとして生き続ける、それが私が生まれた意味だったのだ。

友人との会話で私は彼に隷属したいと口にした。それは何も間違っていない、私は彼の奴隷になりたい。そうだ……そうだったんだ!!

「ふふ……あはははっ♪」

素敵だ。なんて素敵な世界なんだろう。

隼人君……隼人様……この甘美な響きが快楽として体を駆け抜ける。私は今、こうして本当の私としての人生が動き出したのだ。

私、新条亜利沙は隼人様の奴隷……疼く、凄く疼いてしまう。

私のごしゅ……あぁでもちょっと恥ずかしいかもしれない。けれど私の心はとても満たされていた。とても幸せだった。それだけは何も間違いではない。

「……でも、流石にいきなりこういうことを言うのは引かれてしまうわ。どうしましょうか、ねえ亜利沙……どうやったら隼人君の奴隷になれるのかしらね」

それは長く続きそうな課題だった。

三、求める心、深淵から伸びる愛おしさ

otokogirai na bijin shimai wo namae mo tsugezuni tasuketara ittaidounaru

金縛りだ。

俺は今、世にも奇妙な金縛りに遭っている。

「…………」

突然金縛りとか言い出してあれだが本当に体が動かなくて困っている、誰でも良いから俺を助けてくれ！

「…………」

助けを呼ぼうとしても声が出せないので誰も来てくれないし、仮に声は出せても俺は家で寝ているので一人っきり……うん、これはもう詰みだ。

無意味な足掻きを続けるくらいならジッとしていよう、そう思ったところである二人の声が聞こえた。

「大丈夫よ隼人君」

「大丈夫だよ隼人君」

この声はまさか……！

俺はあり得ないと思いつつも、どうにかこの状況から助けてほしいと必死に動かない口を動かそうとする。

今聞こえた声は間違いなく新条姉妹の声だ！　頼む、俺を助けてくれ！

「もちろんよ」

「もちろんだよ」

二人のだと思われる手が俺の体に触れる。

安心させるように撫でてくる手の平からは優しさを感じ取れるのだが、瞼が開かないので安心からは程遠い。

「大丈夫よ。隼人君は私たちに溺れれば良いの」

「そうだよ。そうすればあたしたちはどこまでも一緒に――」

二人の手が際どい所に触れながら、どうしたいのかと答えを催促してくるかのようだ。

耳元で感じる彼女たちの温かな吐息にゾクゾクした感覚を受け、俺はそこでハッとするように目を開けた。

「……っ!?」

思いっきり布団を蹴っ飛ばして上体を起こした俺は大きく息を吐いた。

しばらくすると落ち着き冷静になれたのだが、目の前は真っ暗であっても知り合ったばかりの同級生がちょっぴりエッチだった夢というのはなんとも罪深い気分になってしまう。

「欲求不満かよ……」

姿が見えずに声だけ聞こえていたのも変に興奮を煽るようで……ってやめろやめろ変なことを考えるんじゃない！

「……亜利沙と藍那か」

土曜日の夜、二人と色々な話をした。

藍那が俺のことに気付いていたのは予想外だったけど、よくよく考えれば声とかでバレても変ではなかった……まあ彼女の場合は、それ以前の問題だったけど。

「声質と背丈、手でも気付けたと言われて流石にビビったけど」

そんなこともあって彼女たちと俺は正式に出会ったようなものだ。

もちろん以前から言っていたように俺は彼女たちを助けることが出来た事実に満足しているし、だからこそ言葉以上のお礼を求めるつもりはない……というか気にしないでくれとも思っている。

「……でも、まさか呼び捨てを許されるとはなぁ」

これもある意味美人姉妹である二人と親しくなったということで、あんなに綺麗な子たちと仲良くなれたのは男として嬉しいことだ。

『母もあなたに会いたがっているわ。是非いつか招待させて？』

『うんうん。隼人君なら大歓迎だよ。盛大におもてなしさせてほしいな？』

別れ際にこんなことも言われたが、もしこんなやり取りをしたなんてことを学校の男子に知られたらどんな目で見られるか……まあ俺もそうだし、きっと彼女たちも口にはしないだろうけど想像するとちょっと怖い。

「よし、行くとするか」

今日は週初めの月曜日、一番テンションが下がる瞬間だが学生なので仕方ない。

起き上がった俺は簡単に朝食を済ませ、身支度も整えて誰も居ない家の中に声を掛ける。

「行ってきます」

声が返ってこないことは分かりつつもこの習慣はずっと変わらない。

鞄を肩に掛けていつもの道を歩き、ちょうど新条姉妹の家の前を通り過ぎようとした時だった。

「……あ！」

偶然か、家から出てきた藍那さんと目が合った。

彼女は俺を見つけた瞬間駆け寄ってくるのだが、彼女のような極上のスタイルを持った女性が走ると揺れるわけだ――特大のバストが。

「おはよう隼人君！」

「おはよう……藍那」

「うん♪」

朝から見せてくれた眩しい微笑みに、さっきまでの邪な気持ちが浄化されそうだ。

しかし、当然ながらこうして藍那さんが家から出てきたということは、その姉である亜利沙さんも居るということだ。

「……え!?」

後から出てきた亜利沙さんも俺に気付き、藍那さんと同じように駆け寄ってこようとしたが、それを止めたのは藍那さんだ。

「姉さん、先に鍵を閉めて」

「…………」

むすっとした様子で亜利沙さんはクルッと回って鍵を閉め、そしてまたクルッと回って駆け寄ってきた。

「おはよう隼人さ……コホン、隼人君」

「おう、おはよう亜利沙」

「っ……♪♪」

だからどうして君は名前を呼ぶ度にプルプルと体を震わせるんだ！

最初はもしかして照れているのかなと思っていたのだが、どうもそれにしては様子が違うようだった。

それにしても、こうやって朝から話をするのは初めてだ。

今までは目が合えば会釈する程度だったのもあり、こんな風に親しみやすさが感じられるやり取りは朝から凄く良い気分になる。

「こうして朝に家の前で会話をするのは初めてだね」

「そうだな。つっても大体は会わなかったんだけど」

「でもこれからは違う……そうだよね？」

これはつまり、これから朝に目が合ったらこんな青春的やり取りが行われるという認識で良いのだろうか。

「姉さん？」

「…………」

「亜利沙？」

藍那と言葉を交わしていると、顔を上げた亜利沙がジッと俺を見つめていた。

さっきと同じように俺が彼女の名前を呼ぶと、ブルッと体を震わせたかと思えばモジモジと腰を動かしている……もしかしてトイレでも我慢してる？　だとしたら男としてそれを指摘するわけにはいかないので黙っておこう。

「姉さんったら節操なさすぎ」

「藍那にだけは言われたくないわ」

俺には分からないやり取りを経て二人はまた俺を見つめてきた。

クールな印象を与える亜利沙の青い瞳、柔らかな印象を与える藍那の赤い瞳に見つめられた俺は二人に学校に行かないのかと聞いた。

「行くわよ？」

「行くよ？」

「……どうぞ」

「どうぞ？」

「なんで？」

「……え？」

そこで会話は途切れた。

二人とも一定の間隔を空けて俺を見つめ続けているのだが、ここに来てようやく俺は彼女たちの意図を理解出来た。

「もしかして一緒に行くの？」

「そうよ？」

「そのつもりだよ？」

やっぱりそういうことのようだ。

俺が歩き出すと二人も一緒に歩き出したが、何故か俺を挟むようにして二人は歩いている。

「もちろん途中までだよ。隼人君は変に色々言われるのは嫌でしょ？」

「それはまあ……」

確かに噂をされて誰かに絡まれるのは面倒だ。

そんなことがあるのかと思われるかもしれないが、それだけこの二人は特殊な立ち位置に居る二人なのである。

何度も何度も告白をされている二人だけど、もしも仮に誰かが了承されて付き合うことにでもなったらその相手が大変な目に遭うとも言われているほどだ。

「大丈夫だよ。隼人君に迷惑を掛けるようなことはしない……でも、せめてこういう人目がなかったり少ないところでは声を掛けるくらいは許してくれるかな？」

「私からもお願いしたいわ。ずっと知らない他人のように過ごすのは嫌だから」

二人の女の子にこんな風にお願いされてダメだと言えるはずもない。

「そこまで言わなくて大丈夫だって。俺としても友達が増える感覚と同じだし、是非とも仲良くしてほしい……というかしてくださいお願いします！」

そんな風にちょっとオーバーに伝えると、二人は一瞬目を丸くしたがすぐに微笑んで頷（うなず）いてくれた。

「良かったわ」

「やったね♪」

……本当に綺麗な笑顔だ。

でも、二人のいやらしい夢を見たとか知られたら嫌悪一色になるんだろうなと容易に想像出来る。

（それにしても藍那はともかく、亜利沙もこんな風に笑うんだな）

あの屋上での告白の時に亜利沙は心に決めた人が居るとは言っていたものの、結局男嫌いかどうなのかは謎のままだった。こんな風に俺に笑顔を向けてくれる時点で、絶対に男嫌いではなさそうだし、やっぱり噂はデマだったのか。

「どうしたの？」

「いや……誰から聞いたか忘れたけど、亜利沙って男嫌いって噂があったからさ。それなのにこんな風に俺と話してるからデマだったんだなって」

そう伝えると亜利沙はなるほどと頷き言葉を続けた。

「男嫌い……そうね、どっちかっていうと嫌いだし苦手かしら。でもそれは私たちのことをいやらしい目で見たり、私たちの気持ちを考えてくれない人のことよ。普通なら話しかけられれば受け答えはするから」

「そうなんだ」

「私よりも藍那の方が酷いと思うけれどね」

「え？」

藍那の方が酷いとはどういうことだ？　彼女に関しては一切そんな噂は欠片も聞かないし、彼女とそれなりに話をした中で全然そんな風に感じなかったぞ。

藍那に目を向けると、彼女はニヤリと悪そうな笑みを浮かべた。

「あたしの方が姉さんよりも男嫌いかもねぇ。ぶっちゃけ、今は隼人君以外の男は消えれば良いって思ってるよ？」

「…………」

「ちょ、ちょっと引かないで！　消えれば良いは冗談だから！　あたし、そこまで酷いことは考えてないから‼」

その割には声が本気のトーンだったんだけど。

しかし、俺以外とかそういうことを言わないでほしい。ドキッとするし何より勘違いしてしまいそうになる……ただでさえ藍那は距離が近くて、俺自身平常心を保つのに必死なんだから。

「他にあたしたちに何か聞きたいことはある？　スリーサイズでも何でも良いよ？」

「やめなさい」

それは……一瞬気になったけどそれはダメだろ常識的に！

完全に藍那のペースに巻き込まれてしまっている俺だったが、更に藍那は爆弾を放り投げた。

「姉さん。隼人君がスリーサイズを教えてだって」

「良いわよ。上から八十八、五十七、九十――」

「亜利沙さん⁉」

「ぷふっ……あはははははっ‼」

見事に爆弾を爆発させた亜利沙に慌てふためく俺、そんな俺を藍那が本当に面白そうに爆笑しながら眺めている。

というか何を馬鹿真面目に大切な個人情報を喋ってるんだ亜利沙は！　どうして俺が慌てているのかとキョトンした様子だし、もしかして亜利沙ってかなり天然？

「あ〜あ、隼人君を揶揄うのは楽しいなぁ♪」

「……やめてくれ心臓に悪いから」

むしろ止まりかけたぞ。

ニヤニヤと笑う藍那に恨めしげな視線を送っていると、亜利沙がジッと俺を見てこう言った。

「どうして止めたの？」

「……うん？」

どうして止めたってどういうことだ？

首を傾げる俺に対し、亜利沙は俺にスリーサイズを知られたというのに淡々とした様子で言葉を続けた。

「隼人君は着る服のサイズは知っているでしょう？」

「？　あぁ」

「自分のだからこそサイズは知っているでしょう？」

「あぁ……？」

「だから何もおかしくないと思うのだけど」

ごめん、俺には君の言っていることがよく分からない。

微妙に嚙み合わない会話をする俺と亜利沙だが、流石にこれ以上のんびりしていたら学校に着く時間が遅くなってしまう。

その後、雑談もそこそこに歩き、人出が多くなったところで二人と別れた。

「……朝から凄い疲れた気がするな」

俺はそう呟き、小さく息を吐くのだった。

さて、こうして二人と改めて知り合ったからといって俺の学校生活に何か変化があるわけでもなく、あっという間に時間は流れて昼休みになった。

「なあ二人とも」

「どうした？」

「何かあったか？」

魁人が何やら深刻そうな表情で俺と颯太に話し掛けてきた。

もしかして何か大変なことがあったのだろうかと俺たちは表情を引き締めて魁人の言葉を待つ。

「実は……」

「実は？」

「……どうやったら女の子にモテるんだろうって悩んでるんだ」

ふざけんなよと、俺と颯太は同時に魁人の頭を叩くのだった。

「いやいや、高校に入学してもう半年以上が経つんだぞ!? それなのに俺もそうだがお前らも一切女の気配がないじゃないか！ つまり誰も甘酸っぱい青春を謳歌してないってことだぞ!? 悔しくないのか!?」

「……それはまあ」

「悔しいけど……別に急いで作るもんじゃねえしな彼女って」

颯太の言葉に俺も頷いた。

高校生である以上、彼女って存在に憧れるのも分かるけれど、俺にとってはかつてすぐに別れたっていうこともあって良いイメージはない。

まああれに関しては俺もそうだが彼女のせいではないので、別に気にすることではないのだが……それでも初めて出来た彼女ということで、色々と当時は思うところがあったものだ。

「それはそう……それはそうだ！ 入学してからどうだったよ。俺たちが出会ってからいつも一緒だっただろ？　ただの休日もそうだし夏休みも一緒、男ばかりだが本当に楽しい毎日だ」

「だな」

「間違いない」

「でも……彼女欲しくない？　甘酸っぱい青春を謳歌したくないか？」

「分からんでもない」

「気持ちは分かる」

甘酸っぱい青春を謳歌するにはその相手が必要になるわけで、そもそも相手を作るためには色々と努力をしないといけないのも当然だ。

「彼女かぁ……浮気とか嫌だしな。ほら、隣のクラスであったじゃん」

「あぁそういえば」

颯太の言葉を聞いて思い出したのだが、随分と前に隣のクラスで彼氏持ちの女子に男子が手を出したっていう流れだ。

「そんなこともあったな確かに。だから浮気をしない彼女を作るんだ！」

だからそのためにはたくさん頑張らないとな？　そう魁人に伝えると分かったとやけに自信満々に頷いた。

「ふとした時に好きな子が隣に居るってのは幸せだよなぁ。俺も魁人の話聞いてたら彼女が欲しくなってきたわ」

「だろ？」

「でも……それが難しいんだぜ」

「……そうなんだよなぁ」

おい、さっきの意気込みはどこに行ったんだ魁人。

魁人だけでなく颯太も周りに女っ気がないことにショックを受けている中、俺はそんな二人を見て苦笑する……そしてボソッと反射的に呟いた。

「……そうだな。傍に誰かが居てくれるってのは良いよな。俺からすればそれだけで幸せだと思うよ」

「隼人……」

「そう……だな」

父と母が居なくなってから人の温もりに飢えている部分はあると思う。

そんな気持ちがあるからこそ、ただ純粋に傍に居てくれるならそれだけで良いって俺は思うんだ。

「悪い、変な空気にしちゃってさ」

「何言ってんだよ。そういうことはどんどん言ってけ」

「そうだぞ。人間ってのは知らないうちに溜(た)め込(こ)むもんだからな。そうなる前にゲロッとくのが一番だ」

「下品だなおい」

それでも二人が気に掛けてくれたことは嬉(うれ)しかった。

こうして気分が落ち込むことはあっても、友人たちの存在が本当に日々の俺の支えになっていることを実感する。

（ありがとうな二人とも）

まだ彼女がどうとかで言い合いをする二人に苦笑しつつ、俺は心の中で彼らへのお礼を口にした。

「新条さん、好きだ付き合ってくれ!!」
「ごめんね。興味がないの」
……デジャブだなと、俺は目の前の光景を見て呟く。
以前に亜利沙が告白をされていたのは記憶に新しいのだが、藍那が亜利沙と入れ替わっただけの光景がそこにはあった。

　今回こうして見つけたのも本当に偶々だった。

　放課後になって教室を出る際に前を歩く男子の背中を、心底面倒そうに見つめる藍那を見つけたので、こうしてついてきたのである。

「あの時もこうやって見てたの？」

「あぁ。藍那も今の亜利沙みたいに見てたよ」

「なるほどね。こんな風に？」

「っ……」

　そっと亜利沙が後ろから体を引っ付けたが、それは正に以前に藍那が俺にしたことと同じだった。

　二度目とはいえこういうことに慣れているわけもなく、俺は大きな声を出して驚きそうになったがすんでのところで踏み止まる。

「ふふっ、ごめんなさいね。それじゃあ二人を見守りましょうか」

「……おう」

　それから俺たちは屋上の二人を見守った。

　早く帰りたいという態度を隠さない藍那と、どうにか考えを変えてほしいと願い、粘り続ける男子のやり取りを眺めているのだが、ここまで脈がないのは丸分かりなのにあんなに頑張れるのは逆に感心する。

「あの男子を不憫に思うわけじゃないんだけど、ちょっと可哀想だな」

「どう？　私よりも藍那の方が凄いって言った意味が分かるでしょ？」

「確かに」

俺は頷いた。すると亜利沙は言葉を続けた。

「私も藍那も昔からかなり目立っていたの。今は同級生からの告白っていう普通の行為で留まっているけれど、小学生の頃は担任の先生に呼び出されて体を触られたりしたのよ」

「……マジかよ」

「ええ。他にも色々あるけれど……そういうことが積み重なったら、異性に対して嫌悪感を抱くのは当然なのよね」

どうやら思った以上に深刻な幼少期を彼女たちは過ごしたみたいだ。

俺としてはその話を聞いてどう答えれば良いのか分からなかったけれど、どうして亜利沙が男子を苦手だと言い、藍那が嫌いだと言ったのかそれがよく分かった気がする。

「……色々あったんだな」

「ええ、本当に色々あったわ。でも……そんな経験を経て、私たちは隼人君に巡り合えた。

それはとても喜ぶべきことだと思ってるわ」

「亜利沙……」

正直そこまで言ってもらえるような存在ではないんだけどな、俺は。

「それにしても全然終わらないわね」

「え？　あぁ確かに」

亜利沙にそう言われ、俺は改めて屋上に視線を戻す。

耳を澄まさなくても男子の必死な声が届いてくるが、全く興味のない様子の藍那は鬱陶しそうに男子から視線を外している。

「……なんかあいつ」

「どうしたの？」

「いや……ずっと藍那の容姿のことしか言ってないなって思ってさ」

「でしょう？　その時点で彼はダメなのよ」

「キッパリ言うね」

「事実よ」

その後、数分程度してようやく男子は諦めたようだ。

悔しそうな表情を隠そうともせずにこちらに歩いてきたので、前と同じように隠れるのだった。

「それじゃあ隼人君、私は藍那を落ち着かせてくるわ」

「あはは、頑張れお姉ちゃん」

「ええ」

ニコッと微笑んで亜利沙は屋上に出ていった。

その背中を見送った俺は妙に疲れた気分になりながら教室に戻り、鞄を手にして学校を出た。

「……まさか、あの二人にそんな過去があったなんてな」

俺が思い出すのは亜利沙が話してくれた過去のことだ。

幼い頃、それこそ小学生から既に男の欲望の的になり、一歩間違えれば取り返しの付かないところまで行ったかもしれない彼女たちの境遇……きっと凄く辛かっただろうし嫌な記憶として残っているんだろう。

「美人姉妹だと学校で噂になっているのは彼女たちも知っている……きっと、そうやって持て囃す男子たちを今まで冷めた気持ちで見てたんだろうな」

さっき見た藍那の表情のように。

「ま、あの二人のことを美人だと言ってたのは俺も同じだけどさ」

そんな同じ男である俺を彼女たちが信用してくれるのであれば、俺としてもそこまで積極的に絡むつもりはなくとも、困った時には助けてあげたい。

「出会いは最悪だったけどこれも一つの縁、大事にしていきたいから」

たとえ相手が突然に親交を持った相手だとしても、それは何も変わらないのだ。

とはいえ、学校という場で彼女たちと分かりやすく接することはない。

亜利沙と藍那が同級生や先輩問わず何度も告白されているのはつまり、彼女たちの人気の高さを物語っている。

偶に校内で見かける彼女たちは、いつも傍に居るのは女子の友人で男子が傍に居るのは滅多に見ることはなかった。

だからこそ、彼女たちは特定の男子と気安く話すだけで変な憶測を呼ぶと分かっているため、俺のことを考えてくれているのか学校の中での接触は最低限だった――しかし、学校外になると話は別だった。

「……ここか」

ある放課後のこと。俺はお洒落な喫茶店の前に立っていた。

普段なら絶対に入らないであろう可愛らしい外観の喫茶店にどうして俺がやってきたの

か、それは放課後のお茶に誘われたからだ。

「取り敢えず入ろう」

覚悟を決めて中に入ると、こういう店にピッタリなフリルたっぷりの服装をした店員さんが俺を出迎えた。

チラッと店内を確認すると圧倒的に女性の数が多く、男性も居たが女性に比べれば圧倒的に少ない。

「お一人様ですか？」

「いえ、待ち合わせをしてるんですが……」

そう言って店員さんとやり取りをしていると元気な声が響いた。

「隼人君！　こっちだよ～！」

「……あ、あちらの美人さんでしたか。どうぞ」

奥で手を振る女の子を見て店員さんは納得したように頷き、促されるように俺は席に向かう。

「ごめん、ちょっと遅くなった」

「全然大丈夫だよん」

「ええ。来てくれて嬉しいわ」

そう、待ち合わせの相手は亜利沙と藍那だ。

昼休みに人の目の少ないところでバッタリ藍那と出会い、放課後に喫茶店でお茶でもしないかと誘われ、下駄箱に入っていたメモを頼りにここに来たというのが今回の流れだ。

「メモまで渡されて行かないってのは流石に無理だって」

「うんうん。ちょっと隼人君の優しさを利用してみました♪」

こんなことが優しさかどうかはともかく、俺も暇だったし放課後を美人二人と過ごせるってのは役得だ。

二人と向き合うように席に座り、何を頼もうかとメニュー表を見る。

写真付きで分かりやすく作られており、美味しそうなスイーツも色んな種類があって女の子が好きそうだ。

「……？」

そんなことを考えながらジッとメニューを見ていると、ふと視線を上げると二人が俺のことをジッと見つめていた。

目が合うと二人ともニコッとあまりにも綺麗な微笑みを向けられたので、俺としては途端に恥ずかしくなってメニュー表で顔を隠してしまう。

「姉さん、隼人君が照れてる♪」

「ふふ、可愛いわね」

男に可愛いはやめてほしいんだが……。

俺はこの何とも言えない空気を払拭するため、強引に話題を変えるように辺りを見回して口を開く。

「ここには初めて来たけど、女性客が多いんだな？」

「そうだね。基本的には男性は少ないかなぁ。でもあたしたちはここに友達とも来るんだ」

「へぇ」

「ケーキとかも美味しいし、私のお気に入りのお店ね」

「そうなんだ」

この言い方だと亜利沙は甘いものが大好きなのか？

まあ大抵の女性は甘いものが好きって言うし、それならきっと藍那も甘いものが大好きって感じかな？

「姉さん甘いもの好きすぎなんだよね。あたしとは大違い」

「え？　そうなのか？」

「うん。あたしは辛いものが大好きだもん」

「そうね。前にこの子の激辛巡りに付き合わされた時は死ぬかと思ったわ」

「…………」

恨めしそうに亜利沙は藍那を見つめるが、藍那はその視線を涼しそうに受け流すだけで……それにしても、そんな正反対の好みなのかこの二人は。

また一つ、姉妹について分かったところで俺は無難にコーヒーを頼んだ。

運ばれてきたコーヒーを飲むと、程よい苦さが彼女たちと一緒という緊張した空気を和ませてくれる。

「ねえねえ隼人君。せっかくこんな風に話すようになったんだし、連絡先とか交換しないかな？」

「え？　良いのか？」

「是非しましょう！」

「姉さん、鼻の穴開いているから落ち着いて」

「ふがっ⁉」

藍那が亜利沙の顔を押さえるように手を当て、亜利沙は女の子が出してはいけないような……言ってはあれだが豚のような声を出していた。

ちなみに、亜利沙の勢いに物申した藍那だったが若干引いたような顔だったのがやけに印象的で珍しかった。

「それじゃあ……えっと、お願いします」

「うん！」

「えぇ！」

こうして俺は二人と連絡先を交換した。

これでいつでもメッセージでも電話でも出来るようになったけど、こういうのって相手が異性だと気軽に連絡をして良いモノか悩むんだよな……中学の時の彼女に対しても俺はそう思ったくらいだし。

「ありがとう二人とも」

「ううん、こちらこそだよ♪」

「…………」

笑顔の藍那は良いんだが、亜利沙はスマホをジッと見つめたまま微動だにしない。

心なしか目に光がないというか、何かブツブツ呟いてる？

「……これで……わたし……たの……モノに……」

「姉さん時々こんな風に馬鹿になるから気にしないでね」

いや気になるけど⁉

気持ちは分かるけどねと藍那は肩を震わせて笑っているが、妹からすれば姉のあんな姿がそんなに面白いのかな……俺からしたら凄く珍しいけどさ。

「ねえ隼人君、話は変わるけど将来の夢とかってある？」

「将来の夢？　まだ決めてないな」

まだ高校一年だし特に将来のことは決めていないので素直にそう言った。

「藍那は何かあるの？」

「あたしは子供が産みたいな」

「おぉ、それはとてもシンプルで女の子らしいな……つまり子供を産むってことは幸せな家庭を築きたいってことと同じだろ？」

良い夢じゃないかと俺は頷いた。

「そう？」

「あぁ。本当にそう思ったぞ俺は」

「そっか……えへへ♪」

良かった、彼女の望んだ答えだったみたいだ。

藍那から亜利沙に視線を向けると、彼女も答えてくれた。

「私は役に立ちたいと思っているわ。その人から離れず、永遠に傍で見守り続けたい。私はその人だけのもので在りたいわ」

役に立ちたい、実にシンプルな考え方だ。

その人だけのモノ……つまり大切な存在になりたいってことなのかな。

「隼人君はどう思う？　気持ち悪いって思うかしら」

「いいや？　全然良いと思うけど。というか、誰かの役に立ちたいってそんな風に真っ直ぐに言えるのは立派じゃないか？」

誰かの役に立ちたい、その願いはとても尊いものだと思う。

藍那とは流石にベクトルは違うものの、俺は亜利沙の夢を笑ったりはしないし本当に素敵なものだと思う。

「安心したわ。ありがとう隼人君」

満足した様子の亜利沙は立ち上がった。

「ごめんなさい。少しお花を摘みに行ってくるわね」

「りょうか〜い」

立ちあがって亜利沙はトイレに向かった。

その背中をニヤニヤして眺める藍那には流石に注意しておく。

「藍那、トイレに行くのをそんな風に見るなって」

「え？　……あぁそういうことか。ごめんごめん、そうだね隼人君の言う通りだ」

ちょっと思ったのと反応が違ったな。

それから亜利沙が戻るまでの間、藍那と二人っきりになった。空になったコップの氷をストローで突きながら遊んでいた藍那がボソッとこんなことを口にする。

「ねえ隼人君、今更なんだけどさ」

「うん？」

「どうして、あの時迷わずにあたしたちを助けてくれたの？」

「それは……」

あの時、それはあの事件のことに他ならない。

俺はその問いかけにすぐに返答は出来なかった。どうして助けたのか、よくよく考えれば別に理由はなかったようにも思える。居合わせたのは本当に偶然だし、誰も傷つかずに無事だったのは奇跡みたいなものだから。

「……そうだなぁ」

「…………」

ジッと見つめてくる藍那に俺はこう言葉を返した。

「正直、嫌な場面に出くわしたなとは思ったよ。でも逃げるつもりはなかった。気付いたらあのカボチャを被って動いていたからさ」

「……そう、なんだ」

気付いたら動いていた。

それで君たちを助けることが出来ていた。だからこそ思うのは、無事で良かったなと本当にそう思うんだ。

「本当に無事で良かった」

あの時も伝えたけどこれが俺の心からの言葉だ。

「……っ……あぁ無理だこれ」

「藍那？」

「……ダメ……来ちゃう……こんなの求めちゃう」

「藍那さん？」

「……大丈夫。えへへ、ありがと隼人君」

「お、おう……」

それから亜利沙が戻るまで、藍那はずっとお腹の下辺りをさすっていた。もしかしたら藍那もトイレに行きたいんじゃないか、そうは思ったけど流石に口に出すことはなかったのだった。

「……はぁ♪」

隼人と喫茶店で過ごした日の夜、夕飯を食べ終えた藍那は今日のことを思い出して幸せそうに吐息を零（こぼ）した。

最近はいつだってそうだ。

こうやって一人の時間……いや、どんな時でも隼人のことが頭から離れない。彼のことを考える度に体の奥底が疼（うず）き、彼を求め、欲しいと言葉になって外に出ようとする。家だけならまだいいのだが、これが学校でもそうなってしまうのだから少し困ってしまう。

「ふふ……隼人君……隼人君！　あぁ……素敵ぃ」

一連のやり取り、それこそあの時のことを思い出してしまうと大変だ。

『無事で本当に良かった』

言葉だけでなく、瞳から伝わる本当にそう思っていたんだという感情をダイレクトに藍那は受け取った。目の前に隼人が居るというのに体は彼を求め、目覚めた女としての本能が隼人という雄を貪れと囁（ささや）いてくる。

堪（こら）えなくてはいけないのに甘美な囁き、理性をフルに動員して藍那はその気持ちを抑え込んでいた。

「……っ……あぁダメ、本当にダメだよもう……こんな……こんなにもあたしが欲しい言葉を隼人君がくれるからぁ」

彼は藍那の口にしたこと全てを受け入れてくれたのだ。あの優しい声と、思いやりと、力強い瞳で彼は全てを肯定してくれたのだと。そうなると藍那の抱く気持ちはもっと強くなる、強くなって大きくなって止まらなくなってしまう。

「……うん」

そして、こうやって気持ちが昂ると藍那は想像するのだ。少し前まで悍ましい行為だと思っていたこと、その相手が隼人であることを。

「……隼人君、触って……あたし何でもするからぁ……なんだってあなたのためなら出来るからぁ。だからあたしをたくさん――」

『藍那、俺の子を産んでくれ』

「っ～～～～～～～～～～～～～～!!」

想像の中に生きる隼人がそう口にした瞬間、藍那は大きく体を震わせた。気付かないうちにパジャマを脱いでいたのか、その姉を僅かに凌ぐ豊満な胸が曝け出されている。

「……ふふ、隼人君だけだからね」

こんなにも男好きする豊満な肉体を好き勝手出来るのは彼だけだ。彼のためにも常に綺麗で、そして万全の状態を整えておきたいと藍那は考えている。

『なんかさ、藍那もそうだし亜利沙ももっと綺麗になったよね』

男子からも告白の際には綺麗だとか可愛いと何度も言われていた。高校生という枠組みを飛び越えるほどの色気を醸し出していることくらい気付いている。だがそれでも藍那にも、そして亜利沙にも気付けてないことがあったのだ。

それはその体から放たれる男を誘うソレがもっと強くなったということだ。男嫌いが災いし抑えられていた恋をする気持ち、それが解放されたことで二人はもっと女性らしくなった。それは心だけでなく、体も更に魅力的なモノに作り変えられたように。

「隼人くぅん……」

スマホを手に取り、藍那は今日新たに増えた連絡先を目にした。

「堂本隼人」と自身のアドレス帳に表示されたその名前、それを確認する度にこれ以上ないほどの喜びが溢れ出てきてしまう。

気を抜けばニヤニヤと気持ち悪い笑みを浮かべてしまうほど、それほどに藍那はもう隼人に溺れていた。彼の存在をこの身に刻み付けたい、この体の内側で彼をもっと感じたい、そんな止めどない感情を藍那は抱き続けるのだ。

連絡先は知ることが出来た。でももっと彼のことが知りたい、今までどんな風に過ごしていたのか、家族構成はどうなのか、家ではどんなことをしているのか、時間がいくらかかってもいい……彼のことを知れるなら。

藍那はこれからのことを思いクスッと笑みを浮かべる。

それは歪な笑顔だったが、確かに恋を知った女の顔でもあったのだ。

「……おやすみなさいのためだけに電話って……ダメかなぁ？」

その玉のような肌に僅かな汗を掻き、高校生離れした肉体を惜しげもなく晒している姿にアンバランスさを感じさせる初心な言葉……それもある意味、藍那の歪さを表していると言えるのかもしれない。

妹がこんな様子なら姉の方はどうか、彼女は藍那と違い勉強机に向かっていた。姿勢正しく椅子に座り、ペンを片手にノートに文字を書いていた。

「…………」

亜利沙も藍那も優等生であり成績は常に学年上位だ。亜利沙に至っては学年トップと言ってても差し支えないが、そんな彼女だからこそ机に向かっているのも別におかしな光景ではない。

ただ、それが本当に勉強しているかどうかというと違ったみたいだが。

「…………」

勉強する上でのお手本とも言うべき姿勢でノートに文字を書いていく亜利沙、彼女が見つめるノートには文字がびっしりと書かれていた。

【隼人様】

びっしりと書かれている文字は一切のブレもなく、全く同じ筆跡と力加減で書かれたものだった。亜利沙の表情は誰もが認めるクールな眼差(まなざ)し、何を考えているのか分からないが、少なくとも一人の男を思い浮かべてこんなことをしていることだけはよく分かる。

「……隼人君……隼人様」

自分の中で生涯を賭して尽くしたいと考えている男、隼人のことを考えると藍那同様に亜利沙もその表情に変化が起こる。

今日彼の連絡先を知れたことでまた一つ、彼のモノに近づいた。でも足りない、もっともっと知りたい、その中で彼の役に立ちたいと亜利沙は願う。

「……本当に隼人様は酷いわ……私をこんな風にするなんて」

酷いとは言っても本当にそう思っているわけではない。

何故亜利沙がこんなことを口にしたのか、それは自身の変化にあった。藍那同様に男嫌いが災いし、恋愛というものに関しては一切感じるモノはなかったし男という存在を愛することなど絶対にないと思っていた。

だが、隼人と出会ったことが切っ掛けとなり亜利沙を変えた。

気付けば体が火照り彼を求めてしまう。隷属したい、道具になりたいと考えてもやはり女として愛されたいという欲求は出てきてしまうのだ。支えたい、その中で気に掛けてもらえるならそれだけで幸せなのだと。

「……っ……またこんなに」

大きく膨らんだ自分の胸を見つめ、亜利沙は頰を紅潮させて呟いた。

そういうことは無縁だと思っていたのに、ひとたびタガが外れてしまった結果が今の亜利沙だった。隼人に名前を呼ばれるだけで疼いてしまい、彼に自身の気持ちを肯定されるだけで我慢が出来なくなる。

それは藍那も知っていることだが、気持ちの向かう先が同じだからこそ彼女はそれを決して馬鹿にしたりはしない。むしろ、女として当然の感情なのだから思う存分隼人のことを思えばいいのだと囁かれた。

「……隼人様……今何をしているの？　私は……私は……っ」

決して口に出せないことをあなたを想いながらしています、そう亜利沙は言葉にならないくぐもったような声を我慢するように漏らす。

藍那同様に亜利沙も恋を知って男性観に変化を齎した。

だがその変化が一番大きいのは彼女かもしれない。男を知らないのは当然として、逆に男が求めるものが何かも明確に理解はしていない。しかし、亜利沙の中に眠る本能が男を誘う色香を振りまく。

隼人のことを想い、亜利沙の体が更に女性らしく変化を及ぼす。

可愛らしく、美しく、そして淫らに亜利沙は隼人を想い変わっていくのだった。

四、包み込む温もりと愛の沼

otokogirai na bijin shimai wo namae mo tsugezuni tasuketara ittaidounaru

「……暇だな」

日曜日の昼過ぎ、カップラーメンの容器を洗いながら俺は呟いた。

亜利沙と藍那の二人と知り合い、それなりに親しくなった先週があまりにも忙しすぎて、学校のないこの土日がやけに静かで暇だ。

「いや、家には俺しか居ないから暇なのも仕方ないけどさ」

それなら颯太や魁人を誘って出掛けるのもありだったのだが、残念ながら二人とも用事があるとのことで時間が合わなかった。

ボーッとアニメを見るか漫画を読むか迷ったけどせっかくだから出掛けることにした。

「もしかしたら素晴らしい出会いがあるかもしれない……なんつってな」

なんてことを考えたからなのか、その出会いのイベントは必然のように起こった。

「……え？」

「あら？」

偶には服でも見ようかと思ってとあるディスカウントストアを訪れたのだが、俺の目の前に現れたのは亜利沙だった。

お互いに目を丸くしたまま見つめ合う俺たちだが、俺は亜利沙が手に取っている服に目が向いた。

「メイド服？」

ここは色々な商品を売っているのはもちろんだが、コスプレ衣装も多少ではあるが販売しており、メイド服のような普通では見ることの出来ないものも売っていたりするのだが……まさかそれを亜利沙が興味深そうに見ているとは思わず、俺はつい固まってしまった。

「こんにちは隼人君、こんなところで奇遇ね？」

「あ、あぁ……こんにちは亜利沙」

こうして出会ってしまった以上、それじゃあさようならともいかないんだろうな。

別に引き留められるとも思ってはいないのだが、なんとなく背中を向けた瞬間に呼び止められる気がしたので俺は彼女に近づいた。

「その……ビックリしたよ。メイド服に興味があるのか？」

「ええ。誰かに尽くす者の姿としてはこれ以上のモノはないでしょう。隼人君はどうかしら？　私のメイド服姿は似合うと思う？」

そう聞かれて俺は想像した。

この世界にはメイド喫茶と呼ばれるモノは存在しているし、ＳＮＳでもメイド服を着た人の画像をチラッと見たことはあるものの、知り合いが身近でそれを着ているような場面は見たことがない。

「……ふむ」

さて、では目の前に居る亜利沙はどうだろうか……凄く似合う気がするぞ。

まず長く綺麗な黒髪は古き良き大和撫子を彷彿とさせ、俺の気のせいかもしれないが亜利沙の纏う雰囲気もどこか合っていると思わせる。

（凄く似合うんだろうなぁ。従順系清楚巨乳メイドさんかぁ……こういうのってよく漫画とかでも出てくるけど男の夢の一つだよな）

なんてことを亜利沙の質問をよそに考えていると、彼女はメイド服を手に試着室に向かった。

「亜利沙？」

「ちょっと試着してくるわ」

「えっ……」

サッと身を翻して彼女は試着室に向かった。

どうして着るのという俺の疑問をよそに亜利沙はカーテンの向こうに消えてしまったのだが……これ、俺は待ってないとダメなのか？

「……待っとくか。なんだかんだ亜利沙のメイド服姿ってレアだと思うし」

まだ知り合って日が浅いのでレアも何もないのだが、取り敢えず俺は亜利沙を待つことにした。

適当にスマホでネットの海に潜りながら数分が経過し、ようやく彼女はカーテンを開けて中から出てきた。

「……おぉ」

「どうかしら……？」

そこに居たのは紛うことなきメイドさんだった。

全体的に黒と白の配色なのだが、ところどころに付けられたフリルがその服の可愛らしさを更に印象付けている。

ミニスカートタイプのメイド服ということで、亜利沙の健康的なムッチリとした太ももがお出迎えしてくれているわけだが……それ以上に、体のラインが分かりやすいので胸の膨らみがとても強調されていた。

（……って冷静に俺は何を分析してんだよ！　これじゃあただの変態じゃねえか！）

顔を赤くしながら見上げてくる亜利沙に、俺は小さく一言呟く。

「その……似合ってるよ」

「本当に？　私、あなたのメイドさんになれるかしら？」

「っ……」

なんだその言葉はと俺は唇を強く噛んだ。

亜利沙は天然な部分があるというのは知り合ってから分かったことなので、今の言葉に特に意味がないことも分かっている……だがしかし、思わず勘違いしそうになってしまうほどの言葉選びと雰囲気に俺は一瞬クラッとしそうになった。

「ねえ隼人君、試しに何か命令してみて。あなただけのメイドだと思って、どうか命令をしてちょうだい」

「……えっと」

急募、休日に偶然女の子に出会い命令してと言われたことへの対処法を切に求む。

「隼人君」

「…………」

たぶんだけどこれ、彼女の要望に応えないと帰ることは無理そうだ。

その証拠にガッチリと手首を亜利沙に掴まれているので、俺は仕方なく恥ずかしさを忍んでこう口にした。

「俺にご奉仕しろ……？」

いやいや奉仕しろってなんだよ、そう自分でツッコミを入れたが当の亜利沙は顔を真っ赤にしてその瞳を濡らしていた。

「……あぁ……っ……♡」

プルプルと体を震わせた亜利沙は体を隠すように再びカーテンを閉め切った。

そんなに俺の言い方が気持ち悪かったのかなとショックを受けたのだが、どうもそうではなかったらしく、それは彼女が試着を終えて出てきた時に教えてくれた。

「初めてのことで驚いただけよ。でも良いわね、奉仕してくれって言われるの」

「そうなのか？」

「ええ。それって役に立てるってことだから♪」

俺にはよくその気持ちは分からないけれど、亜利沙が喜んでくれたのなら俺としても言葉の選び方は間違ってなかったんだろう。

「今日は藍那は一緒じゃないのか？」

「ええ。今日は母が家に居るから一緒に居るんじゃないかしらね」

「へぇ」

やっぱり家族仲は本当に良いようだな。

俺からすれば彼女たちはあくまで他人だけど、それでも家族の関係が良いというのは聞いていて俺も悪くない気分だ。

「本当に仲が良いんだな？」

「ええ。父が亡くなってから私と藍那、そして母の三人で生きてきたけど本当に家族仲はどこの家庭にも負けないと思ってるわ」

そうハッキリと亜利沙は口にした。

俺はそんな風に思えることが羨ましいと思いながらも、亜利沙の姿がとても健気で微笑ましく、それでいてあの時の強盗に怖がっていた彼女の姿が重なったせいか俺は手を伸ばしていた――彼女の頭に。

「……っと」

手が触れた瞬間に俺はすぐ引っ込めたが、それでも触れてしまったことに変わりはなく俺は謝った。

「謝らないで隼人君。まるで……そうね。亡くなった父の優しさを感じたような気がして嫌じゃなかったもの」

「……それって俺が歳食ってるように見えるってこと？」

「ふふっ、そうじゃないわ。でもそれだけ頼りになる、寄り掛かりたいって思ってしまったの」

つまり俺に亡くなったお父さんを重ねたってことか？

これは果たして光栄だと思って良いのか、それともまだ若いんだぞと落ち込んだ方が良いのか……。

「あ、そうだわ隼人君。実はずっと前から提案したいことがあったのよ」

「提案？」

亜利沙は頷いた。

「私と藍那はこうして隼人君のことを知ることが出来たわ。でも母はまだあなたのことを知らない……その、隼人君からすればわざわざって思うかもしれないけど、母も当事者の一人でずっとあなたにお礼を言いたいと思うのよ」

「……あ〜」

亜利沙たちのお母さん……か。

流石二人を産んだ母親ということで凄く美しい外見をしているのは知っているが、何より周りに放つ色気が凄まじい女性なのは前から知っている。

以前に助けた時はそんなことを考えることはなかったけど……まあでも、お礼をもらうつもりはなくてもこうして二人と知り合った以上無関係でも居られないか。

「別に二人の口から俺と出会ったことは伝えてもらっても良いんだけど、やっぱり助けてもらった側からすればお礼は言いたいのかな」

「そうね。私と藍那も隼人君と出会えなかったらきっと同じだった……まあ藍那が早く見つけてしまっただけで、私はずっと考え続けていたから」

「……そうか」

亜利沙の瞳からは是非お母さんに会ってほしいという気持ちを感じ取り、俺は会うだけなら良いかと思って頷いた。

「本当に？　ありがとう隼人君！」

「おう。でも亜利沙たちのお母さんか、ちょっと緊張するな」

「私が言うのもなんだけれど本当に優しい人よ。だから安心して」

二人の母親という時点でそれは分かっているから大丈夫だ。

流石に今日いきなりということはなく、来週末に時間を合わせることで決定した。

彼女たちの家に実際に赴くというのは緊張してしまうが、それでもこうして知り合ったからこその安心感があるのも不思議な気分だった。

その後、俺たちは別れるのだが亜利沙は元の場所に戻したメイド服を再び手に取った。

「え、本当に買うの？」

「もちろんよ」

あ、やっぱり買うんだと俺が目を丸くしたのは言うまでもない。

▼▽

「……ついに来てしまったか」

早くも次の週末になり、亜利沙と約束をした日がやってきた。

実は亜利沙と約束をした日の夜に藍那から電話が掛かってきたのだが、自分の居ないところで約束をしたことが悔しいと伝えられ、その後に絶対に来てと強く念押しをされてしまった。

「早まったかなぁ……」

ここまで来て変に緊張してきた。

既にこうして来てしまったし、約束もしたので反故にするわけにもいかない。

「よし……行くぞ」

意を決するように俺はインターホンを鳴らした。

するとすると中からバタバタと足音が聞こえたと思ったら、すぐに扉が開いて藍那が飛び出してきた。

「いらっしゃい隼人君！」

「うおっ⁉」

いきなり胸に飛び込んできたことで、俺は彼女を受け止める姿勢になったがそこそこ勢いがあったせいで少し仰け反った。

「隼人君だぁ♪　今日はありがと来てくれて♪」

「あ、あぁ……」

取り敢えず離れてもらってもいいだろうか。

俺の願いが通じたのか藍那は離れてくれたものの、その綺麗な微笑みは変わらずなので、抱き着かれた感触も残っているせいかドキドキしっぱなしだ。

（……可愛いな）

十一月も中旬に入り気温の方も低くなってきたので、俺もそうだが藍那も暖かそうな恰好をしている。

ニットのセーターに包まれた大きく柔らかな彼女の胸、二重の意味で柔らかかったのもバッチリと俺は感じていた。

「ささっ！　早く入って！」

「ちょっと落ち着いて！」

待ちきれないと言わんばかりに藍那に家の中へ引っ張られた。

あの忌々しい出来事のおかげで一階の構造はある程度把握しているため、彼女の案内がなくてもリビングまでは絶対に迷わないなと内心で苦笑する。

「姉さん！　母さんも隼人君が来てくれたよ！」

「お邪魔します……」

リビングに繋がる扉の先には亜利沙と、そしてもう一人の女性が居た。

亜利沙と藍那によく似た顔立ちの女性で恐ろしいほどの美人であり、亜利沙や藍那を凌ぐほどのボディラインに目が行きそうになるがなんとか堪えた。

落ち着いたブラウンの髪を背中まで伸ばしているのも色っぽく、泣き黒子も一層その女性を妖艶に見せていた。

「あなたが……あなたがそうだったのね」

母親は感極まった様子で俺の前に来て、綺麗な所作で頭を下げた。

「こうして言葉を交わすのはあの時以来ですね。あの時は本当にありがとうございました。あなたが居なければ私たちは……私たちはきっと、今こうして笑顔で居ることはなかったと思います」

　年上の女性に頭を下げられるというのは慣れないので、俺は慌てるように口を開いた。

「その……頭を上げてください！　既に二人からあの時のお礼はちゃんと受け取っているので……だからあなたからも今お礼は受け取った。だからもう、みんな無事で良かったってことで終わりにしましょう！」

「あはは、隼人君が焦ってる♪」

「ふふ、でもこれでようやくみんなで会えたわね♪」

　微笑ましそうに見つめてないで助けてくれないか君たち！

　結局、母親が頭を上げてくれるまで随分と時間が掛かったのだが、最後には俺の言葉にも納得して頭を上げてくれた。

　今日こうして三人と改めて顔を合わせたわけだけど、やはり俺の中にあったのは大きな安心と助けられて良かったなという満足感だ。

「……あの出来事は少なからずみんなにトラウマのようなものを植え付けたんじゃないかって心配はしてたんです。けど亜利沙や藍那からはそういうのは感じないし、お母さんの方からもそれはなさそうで安心しました」

　女性としてあのような経験は心に深い傷を負ってもおかしくはないはず……もちろん少

なからず恐ろしさは残っているだろうけど、それでもこうして普通に過ごせているのを見られるだけで俺のしたことに意味があったと思えるのだ。

「これからも三人で仲良く、幸せに過ごしてください。それを今まで通りひょんな時に見れるだけで、それが俺にとっての一番の恩返しですから」

凄く恥ずかしいことを口にした気もするが、これが俺の正直な気持ちだ。

母親は目を丸くしたがすぐにクスッと笑ってくれた。

（……凄いなこの人。二人の母親ってことは四十代くらいだろ？　あまりにも若々しすぎるし、二人の姉と言われても信じられる気がする）

それだけの美貌、おまけに漂う色香は大人としての魅力も混ざっているので、仕事などでこの人の傍に居る男性は大変だろうなとそんなことを考えた。

「分かりました。ですが改めてもう一度お礼を言わせてください。ありがとうございました」

俺の手をギュッと握って彼女はそう言った。

これで本当にこの話は終わりだ、ただ大事なことをまだしていないのでそれを済ませてしまおう。

「改めて堂本隼人です。よろしくお願いします」

「新条咲奈です。娘たちのことも名前なら、どうか私のこともそう呼んでくださると嬉しいです」

「それじゃあ……咲奈さん？」

「っ……はい！」

大人の魅力も兼ね備えた可愛らしい笑顔で咲奈さんは頷いてくれた。

ファーストコンタクトとしてはこれ以上ないほどに和やかな時間になって良かったなと安心したのも束の間、話が落ち着いた瞬間を狙うようにサッと亜利沙と藍那が俺の手を引いた。

「ほら隼人君、立ちっぱなしもなんだから座りましょう」

「うんうん。えへへ、隼人君がうちに居るのって不思議ぃ♪」

促されるように高そうなソファに腰を下ろした。

改めてリビングの中を見渡すと分かることだけど、本当に立派な造りの家だ。だけど、女性三人で過ごすとなると流石に広すぎるのかな。

（ここに彼女たちのお父さんも居たんだよな……何もなかったらきっと四人で楽しい日常が続いてただろうし）

そんなことを考えていると咲奈さんが紅茶を持ってきてくれた。

「はいどうぞ。紅茶は大丈夫ですか？」

「全然大丈夫です。いただきます！」

コーヒーはともかく、紅茶はあまり飲むことはないので新鮮だった。

香りが良く味も甘すぎないあっさりとしたもので、体の奥底から温まるような安心感のある味だった。

「お菓子もあるから食べてくださいね」

「ありがとうございます」

ドンと大量のお菓子が入った籠が置かれ、至れり尽くせりって感じがして少し申し訳ないのだが、三人からニコニコと視線を向けられると用意してもらったのに手を付けないのも悪い気がした。

「ところで亜利沙と藍那？」

「なに？」

「どうしたの〜？」

実はさっきから俺は気になるものがあった。

それは両隣に座る二人の距離がかなり近く、亜利沙は少し触れるくらいだが藍那に至っては思いっきりその豊満な胸元が形を歪(ゆが)めるくらいに引っ付いてきている。

やっぱり慣れない。

「二人とも、あまり隼人君を困らせるないの」

「隼人君は困ってるの～？」

「……えっと」

年頃なので彼女たちの柔らかな感触に幸せを感じるのも確かだ。嫌でもないし困ってもいないのが本音だったりする……でも、この聞き方はちょっとズルいぞ。

「なんてね。ごめんね？　ちょっと嬉しくてさ。ほら姉さんもちょっとだけ離れようか」

「……分かったわ」

そうして二人は離れてくれたのだが、俺たち三人の様子を咲奈さんはクスクスと楽しそうに見つめていた。

その視線に恥ずかしいと感じることはなかったが、その優しい瞳にこれが母親なんだなと人知れず懐かしく思うのだった。

「……？」

何だろうか、この家族の在り方に懐かしく思っていると急に眠たくなってきた。

紅茶を飲んだら眠たくなるんだっけ？　コーヒーは眠気がなくなるとはよく聞くけど……それか、緊張して昨夜あまり眠れなかったのが原因か？

「あら、隼人君眠たいんですか？」

「えっと……その、ちょっと夜更かししたかもですね」

そう呟くと咲奈さんはあらあらと口元に手を当てて笑みを浮かべ、隣に座っている亜利沙と藍那もそれなら膝枕でもどうかと何故か言い合いを始め、そのことに苦笑しつつ俺は背もたれに体を預けリラックスをして……そこでスッと俺の意識は闇に沈んでいった。

▽

家族を突然に失うというのは計り知れない悲しみを伴うものだ。

しかし、その時の悲しみとその後に続く寂しさは……悔しいモノで、時間の流れによって慣れていくものでもあった。

最初に父が事故で亡くなり、それから数年後に母が病気で他界した時、俺はぽっかりと心に穴が開いたような感覚に見舞われた。

少々複雑な理由があって父方の祖父母から嫌われていたものの、母方の祖父母にはとても可愛がられていたので、一人になってしまった際にこっちにおいでと、一緒に住まないかと提案されたことは当然あった。

「……ごめん、祖父ちゃんに祖母ちゃん。俺、この家を離れたくないんだ」

祖父母の提案は本当にありがたかったけど、俺は両親との思い出が残る家から離れるのが嫌だったし、ずっと過ごした場所というのも大きかったのだ。

「分かった。隼人の意思を尊重しよう。その代わり、何かあったらすぐに儂(わし)らを頼りなさい。約束だぞ？」

「……うん、ありがとう」

たった一人の孫なのだから当然心配はさせてしまう……それでも祖父母は俺の意思を尊重して今まで通りの生活を送るために協力してくれた。

それからは両親の居ない世界が当たり前になったものの、やはり時間経過による慣れというのはあって一人で生きていくことに違和感は何もなくなった。

それでも……やはり想像してしまうことはある。

『隼人』

『隼人』

今でも両親が生きており、彼らから名前を呼ばれることを夢想し、それはもう無理なのだと諦めて下を向いてしまう。

つまり何が言いたいかという話だが、慣れはしても家族の温(ぬく)もりを求めてしまう心は消えてくれなかった……ふとした時、意識せずとも亡くなった両親のことを考えて寂しくなることもあるが、その度に俺は暗い気持ちでいてはダメだと自分を奮い立たせる。

「俺は大丈夫だ。気に掛けてくれる祖父母もそうだし、俺のことを大切な親友だと思ってくれている颯太や魁人だって居る……だから大丈夫だ」

どんなに寂しくても人との繋がりがあるからこそ俺は頑張れる。

寂しさや孤独に押し潰されることもなければ、両親を追ってこの世を去ろうなどと悲観的なことも考えてはいない。

親友たちと過ごすのはもちろん、今となっては亜利沙や藍那の二人と過ごすのもドキドキするけど楽しいからな。

だから大丈夫、だからきっと何があっても俺は大丈夫だ。

「隼人君、隼人君？」

……うん？　誰だ？

肩をトントンと叩かれるような感覚と共に、優しい声音で名前を呼ばれると、俺は意識せずともパッと目を開いた。

「……え？」

ふと目を開けた俺は言葉を失った。

何故なら目の前にあるのは大きなボール……ではなく、セーターに包まれた大きな胸だったからだ。

「……あれ？」

前後の記憶が安定しないことに俺は困惑したが、誰かに膝枕をされているのだということは理解出来た。

「……そうか。寝ちゃったのか俺」

亜利沙と藍那、咲奈さんと言葉を交わしている最中に段々と眠くなってしまったことを思い出す。

その途中で眠ってしまったわけか……って!?

「す、すみません！」

「大丈夫ですよ。そのままもう少し横になっててくださいな」

起き上がろうとしたが肩に手を置かれてしまった。

声の主は咲奈さんで、どうやら俺は彼女に膝枕をされているらしい。

（……恥ずかしさよりも安心感のある膝枕、これが包容力？）

なんてことを冷静に考えてしまったのだが、流石（さすが）にマズいよなと思って俺は一瞬の隙を突くようにして上体を起こした。

「あ……」

すると残念そうな声を咲奈さんは漏らし、どうしてと訴えてくるような瞳に何か申し訳ない気がしてくる。

そういえばこうして俺が咲奈さんに膝枕をされていたのは置いておくとして、亜利沙と藍那はどうしたんだろうと思っていたら、台所で料理をしている二人が目に入った。

「……カレー？」

漂う匂いはカレーの香りだった。

「あ、起きたんだ隼人君」

「本当は私が膝枕をしようと思ったのに……母さんったらズルいわ」

亜利沙の視線を受けても咲奈さんはどこ吹く風だった。

どうしてカレーを作っているのかと思ったけど、もう昼だからこうして二人が料理をしているのだろう。

俺としては昼前には帰るつもりだったわけだが、これはカレーをご馳走してくれるってことなのかな。

「二人とも、隼人君に食べさせたいって作ってるんです。隼人君が眠ってしまったので突然の決定になってしまいましたけど、この後、用事がなければ是非食べてあげて？」

「……えっと、それじゃあお言葉に甘えます」

まさか昼食までご馳走になるとは思わなかったが、さっきから漂ってくる香りが早く食べたいと食欲を刺激してくる。

「……あ」

すると大きく腹が鳴ってしまい、それは傍に居た咲奈さんに聞かれてしまった。

「ふふっ♪」

「っ……」

腹の音を聞かれるのは誰にだって恥ずかしいものだ。

俺は当然恥ずかしくて顔が熱くなってしまったが、口元に手を当てて笑っている咲奈さんは本当に綺麗な微笑みを浮かべている。

何度も言うようだが、この人は母親ではなく姉と紹介されても俺は一切の疑いを持たないと思う……それくらいに見た目が若々しいのだ。

「どうしましたか？」

「いえ、その……お母さんというよりはお姉さんみたいだなって」

「あらあら、それは嬉しいですね」

流石は大人の女性、俺の言葉に全然照れたりする様子は見せなかった。

そうこうしているとどうやらカレーが出来上がったらしく、藍那が大きな声で俺たちを呼んだ。

「出来たよ～！」

「今行くわ。さあ隼人君、行きましょう」

「あ、はい！」

四人でテーブル囲むように座った。

俺の目の前には本当に美味しそうなカレーが置かれており、特に変わったものは入っていないシンプルなカレーだ。

「……めっちゃ美味そう」

思えばこうして手作りのカレーを食べるのも随分と久しぶりだ。

涎が出そうと言うと大げさだけど、本当にそんな言葉が合うほどに食欲をそそる香りがしている。

「どうぞ隼人君」

「食べて食べて♪」

本来ならすぐに食べたいと俺の方が落ち着かないはずなのに、亜利沙と藍那の二人が早く食べて感想を聞かせてほしいと急かしてきて、反対に俺の方が落ち着いていた。

「……いただきます！」

手を合わせ、俺はスプーンでルーとご飯を掬った。

「あむ……っ……美味い」

「やった！」

「ええ！」

自然と漏れた感想に亜利沙と藍那がハイタッチを交わしている。

そこまで喜んでくれるのかと逆に俺の方が嬉しくなってしまうのだが、俺の手は止まってくれなかった。

（……美味い……美味い。マジで美味い……それに……それに……っ！）

美味しいだけでなく、どこか懐かしさも感じていた。

味は普通のカレーと何も変わらないのに、このカレーに込められた彼女たちの気持ちが俺のかつての記憶を呼び起こすかのようだったからだ。

（母さんの作ってくれたカレーもこんなだったかな）

湿っぽい空気はダメだと気を強く持ったつもりだったが、どうも三人は気になったようで俺のことをジッと見ていた。

「隼人君？」

「どうしたの？」

ちょっと昔を思い出してしまって……とは言わなかった。

俺は何でもないと出来る限りの笑みを浮かべ、なんとか変な空気にしないように心掛けた。

その後、しっかりと残すことなく二人が作ってくれたカレーを完食した。

「もしまた機会があれば、今度は私も腕によりをかけて作らせていただきます。どうかご馳走させてくださいね？」

「……ごくっ」

昼食の最中に色々話したのだが、亜利沙と藍那は咲奈さんに料理を教わっているとのことで何でも一通り出来るらしく、今回カレーだったのは即席で作れるものだっただけで本当ならもっと手の込んだものを作りたかったらしい。

そんな二人に料理を教え込んだ咲奈さんの料理となると、一体どれだけ美味しいのかなと期待してしまうと同時にまたお腹が鳴りそうだった。

「その……機会があればお願いします」

「はい！　その時は是非に♪」

それから三人に見送られる形で玄関に向かい、挨拶もそこそこに俺は外に出た。

「えっと……本当に構わないぞ？」

「そんなこと言わないで隼人君」

「そうだよ。そこまでお見送りさせてほしいなぁ？」

亜利沙と藍那の二人はもう少し先まで俺を見送ると言ってついてきた。

別にそんなことはしなくて良いからと伝えたものの、こうして家から彼女たちが出てきたことで俺は断れなかったわけだ。

「今日は凄く楽しかったよ。色々と緊張することもあったけど、咲奈さんとも話が出来たし一旦これであのことは落ち着くかな？」

「……そうね」

「……そうだね」

「？　どうした？」

ここでお別れというところなのだが、どこか二人が浮かない顔をしていた。

何かしてしまったかと不安になったが生憎とそんな記憶はなかったので、彼女たちの様子に俺は全く見当が付かない。

（……いや、咲奈さんもどこか今の二人と似たような表情だったか？）

何となくそんな気がすると、そう思っていた時だった。

「ねえ隼人君、昼食の時……どうしてあんな表情だったの？」

「っ……」

亜利沙は真っ直ぐに俺を見つめてそう言った。

なるほど、どうやら二人ともあの時のことが気になっていたようだな……亜利沙もそうだが、藍那もジッと俺の顔を見つめている。

「……ごめんね隼人君。いつもの隼人君からは考えられない表情と雰囲気だったから気になっちゃったの。踏み込みすぎ……かな？」

確かにそうだ、だから聞かないでくれと口にするのは簡単だった。

でも、どうしてか俺は彼女たちにそう言えなかった……別に彼女たちになら話しても良いか、と俺は話すことにした。

「待って。ほら、近くにあの公園があるでしょ？　そこに行きましょ」

「そうだね。腰を据えて話せば色々と楽だと思うよ」

「……ありがとな」

以前にカボチャを被っていた時に出会い向かった公園だが、確かにあそこなら少し歩いたところなので俺としても拒む理由はない。

「ここに来るのもあの時以来ね」

「うんうん！　カボチャの騎士だった隼人君との再会だね！」

「カボチャの騎士はやめて!?」

そのクソダサな呼び方はマジでやめてくれ！

クスクスと笑う藍那に俺はため息を吐き、あの時のように二人に挟まれる形で俺はベンチに座った。

特に引き延ばすことでもないので俺はストレートに伝えることにした。

「実はさ……二人が作ってくれたカレーが最高に美味しかったのもあるんだけど、そこに込められた想いみたいなのも伝わってきてさ。凄く心が温かくなって、昔に母さんが作ってれたカレーのことを思い出した」

「そうだったのね……え？　昔に？」

「隼人君のお母さんが作ってくれた……？」

どうやら二人とも察したようだが、俺は頷くと続きを話した。

「実は今、俺は一人暮らしなんだ。随分前に父が亡くなって、それからしばらくして母が亡くなって……それで家族の温もりってこんなんだったなって。亜利沙と藍那、そして咲奈さんを通じて思い出してちょっと湿っぽくなっちまった」

それであんな雰囲気にしてしまったんだと、俺は二人に伝えた。

「ごめんな？　湿っぽいというか、かなり暗い話しちゃって。けど母方の祖父母が気に掛けてくれてるし、両親が残した家で俺は今もこうして元気に過ごしてるから大丈夫だ。だから――」

本当に大丈夫だと、そう伝えようとした瞬間だった――亜利沙と藍那が俺を挟み込むように抱きしめてきた。

「二人とも⁉」

「隼人君、今はこうさせて？」

「そうだよ。辛いこと思い出させてごめんね？」

「いや、別にそれは良いんだけど……」

そもそも颯太や魁人たちも知っていることだし、俺も話すことに抵抗はなかった。

だから本当に大丈夫だから気にしないでくれと言おうとした俺の目元に、亜利沙がハンカチを当て……いつの間にか流れていた涙を拭き取ってくれた。

「……嘘だろ。泣くほどかよ俺」

「もしかしたら、隼人君の心はずっと吐き出したかったんじゃない？」

それは……そうかもしれないな。

両親が居なくなってから一人でずっと過ごしてきたけど、そこには天国に居る二人を心配させてはいけない、だから笑顔で頑張らないと……そう思っていたのは間違いないだろうけど、よりにもよってこうして彼女たちを通じて涙を流すとは思わなかったなぁ。

「ちょっとそこの自販機で飲み物買ってくるわ」

そう言って亜利沙は立ち上がった。

藍那は変わらず俺を抱きしめたままだが、彼女は何を思ったのか一旦離れて俺の頭を抱くような姿勢になった。

「隼人君。ほら、こうすれば落ち着くよ？」

「ちょっ⁉」

むぎゅっと、彼女の豊満な胸元に誘われた。

落ち着くというよりは逆に緊張するだろうと言いたくなったものの、不思議なほどに彼女の持つ香りと柔らかさ、そして全身から伝わる温もりで本当に心が落ち着いてきて俺は驚く。

「ね？」

「……あぁ」

まるで、咲奈さんに膝枕をされていた時と似たような安心感を抱いた。

それから亜利沙が戻ってくるまでずっと藍那は俺を抱きしめてくれていたが、俺はふとこんなことを考える。

（……不思議だなこの感覚。なんだろうか、ずっとこの温もりに浸りたい……ずっと溺れたいと感じさせる温もりは……あぁダメだこれ。あまりにも心地よすぎて心がダメになりそうだ）

その後、俺は藍那から離れたが僅かに寂しさと物足りなさを感じる。

「藍那だけズルいわ。私もするわよ」

「え？」

そして今度は戻ってきた亜利沙にも同じことをされ、彼女にもまた似たような感覚を抱かされてしまった。

やはり名残惜しさを感じながらも亜利沙から離れ、彼女が買ってきてくれた炭酸ジュースを喉に流し込む。

「……かあああああっ！」

すると程よい刺激に元気が戻ってくるようだった。

まあ役得とも言える二人の抱擁に元気は多分にもらったようなものだけど、なんというか本当に二人の優しさには感謝したい。

「ありがとう亜利沙と藍那も。正直他人の家の不幸話なんて聞いても面白くないだろうに、それでも二人が励ましてくれたことが本当に嬉しかったよ」

「面白くないだとかそんなことは言わないで？　私は話してくれて嬉しかったわよ？　隼人君のことをもっと知れた気がして、もっともっと自分のやりたいことを実現したくなったほどだもの」

「そうだよ隼人君。隼人君は確かにあたしたちを助けてくれたヒーローだけど、ちゃんと弱い部分もあるんだなって……だからもっと強く、あたしも姉さんみたいにもっともっと頑張りたいって思えたよ♪」

二人が何を改めて実現したくなったのか、頑張りたいと思ったのかは分からない。

それでも二人から感じる並々ならない決意のようなものは伝わってきたので、俺が頑張れよと伝えると二人は互いに顔を見合わせ、そして美しすぎる微笑（ほほえ）みで頷くのだった。

「そうだわ。ねえ藍那、早速明日からやってみましょうか」

「そうだねぇ。ねえ隼人君！　あたしと姉さんでお弁当を作ってあげる！」

「……えっ⁉」

二人の言葉に俺は盛大に驚く。

今回こうして俺は自分の身の上話を二人に聞かせたのだが、これは間違いなく何かが動き出すことを俺に予感させるのだった。

▼
▽

夜、既に時刻は十一時を過ぎていた。

いつもなら寝ている時間であるはずなのに彼女——亜利沙はスッとベッドから降りて上着を着込んだ。

彼女が向かうのは部屋の窓から出られるベランダで、窓を開けると冷たい風が吹き抜けるが亜利沙は気にせずに外に出た。

「あら、藍那？」

「うん。姉さんもあたしと同じ？」

「ええ」

分かり合ったように頷き合う二人、二人は肩を寄せ合うようにして空を見上げた。

亜利沙は家に帰ってからというもののずっと隼人のことを考えていたが、どうやらそれは藍那も同じだったようだ。

「私、隼人君に対する想いが更に強くなったわ」

彼が教えてくれた悲しい過去、そして瞳から零(こぼ)れ落ちた涙を見た瞬間、亜利沙は自分の全てをもって彼を支えたいと改めて強く思ったのだ。

隼人に隷属したいというその心は何も変わっておらず、更に強くなっていた。

「そんなのあたしだって同じだよ。むしろ、あんなに優しくて良い人が報われないこと自体がおかしいもん」

藍那の言葉に亜利沙は頷く。

今回隼人は両親が既に亡くなったことと、一人で暮らしていることを教えてくれたがまだ何か隠していることがあるようにも思えた。

それは当然気になったものの、今はとにかく隼人の力になりたかった……彼を癒やし彼を支えたかった。

「……ねえ藍那」

「どうしたの？」

「私……ちょっと自分の心が分からないのよ」

「どういうこと？　話してみて？」

姉である亜利沙の問いかけに藍那は優しく見つめながら問い返した。

「その……私は隼人君に隷属したいわ。役に立ちたい、力になりたい、彼の心を支えたい、尽くしたいと願うだけだったのに……彼と同じ時間を過ごす度に、私は純粋な好意も抱いてしまったの」

「私はどっちを優先すべきなのかしら……」

その答えが出ないから心底困っているのだと、亜利沙は悩んだようにそう口にしたが藍那はすぐにやれやれとため息を吐いた。

「姉さんは頭が堅いんだから。そんなの、どっちもで良いんじゃないの？」

「え？」

ニヤリと笑った藍那は亜利沙の背後に回り、大きく腕を伸ばすようにして亜利沙の大きく実った果実に手を添えた。

「ちょっと？」

「ほら、このおっぱいみたいに柔らかく考えなよ」

「……どういうことなのよ」

モミモミと背後から胸を揉まれる亜利沙だが、相手が妹ということもあって特に何も思うことはなく、ただただ彼女の好きにさせていた。

「難しいことは考えずに、隼人君に対してしたいこと、してあげたいことを自分の心に従えば良いんだよ。あたしだって同じだしね♪」

「うんうん」

「……それで良いのかしら」

「良いんだってば！」

「きゃん!?」

ギュッと胸の弱い部分を抓られてしまい、亜利沙は甲高い声を上げた。

何をするんだと藍那を睨みつけたが、彼女は悪戯が成功した子供のようにケラケラと笑っており何も悪いことをしたとは思っていない。

そんな風に笑っていた藍那だが、表情を真剣なモノへと変えて言葉を続けた。

「姉さん、あたしたちは隼人君のことを大好きだよ。それは変わらないし、彼との日常を過ごすほどに段々とその想いは強くなっている」

「ええ」

亜利沙は頷いた。

「彼を逃がしたくない、彼の愛が欲しい……彼をあたしたちの愛に溺れさせたい、彼をあたしたちに依存させたい」

「依存……」

依存、果たしてそれは良いことなのか分からない。

しかし亜利沙は決して藍那の言葉を否定せず、もしそうなってくれたなら隼人はずっと亜利沙と藍那の傍に居ることになる……少なくともそれは、亜利沙が望む未来でもあった。

「そんなあたしたちの想いはとても重い、それは姉さんも理解してるでしょ？」

「そうね。普通の好意とは違うことなんて最初から理解してるわ」

自分の……いや、自分たちの想いが普通に比べて重いことは理解出来ている。

それでも止められないからこそ、亜利沙と藍那は隼人を求めてしまう……恩人である彼のことを心の底から欲しいと願う。

「たった一度助けられただけで、なんて笑う人も居るんでしょうね。けれどそんなものは関係ない、私たちの心が彼を求めるのだから」

「そうだよ♪　だから姉さん、あたしたちは隼人君を捕まえよう。彼の心に空いた穴を埋めるように、あたしたちの愛で隼人君を沼に沈めるの♪」

そんなやり取りをした後、どちらからともなく寒さに体を震わせた。

長く話していたからか既に十二時も近くなっており、いい加減に寝ましょうかと亜利沙が言って藍那もそれに頷いた……のだが。

「ちょっと、どうしてこっちに来たのよ」

「良いじゃん。偶には一緒に寝ようよ姉さん♪」

急遽、姉妹揃って眠ることに。

そこまで大きくないベッドだが、二人でギュッと寄り添えば収まらないこともない。

「姉さん、あたしたちちょっと二人でいけない会議をしちゃった空気だけど、単純に隼人君が好きで好きで仕方ないだけ。あたしたちだけの存在であってほしい、誰にも渡したくないって思ってるだけ」

そうは言ってもそれほど純粋でないけどね、そう藍那は笑い亜利沙もクスッと笑みを零す。

「さっきの言葉」

「うん？」

「私たちの愛に沈めるっていう言葉、悪くないわね」

「あ……でしょう？」

隼人は恩人であり、尽くすべき相手だ。

彼に迷惑は掛けたくないし、この想いを一辺倒に押し付けることもしたくない、しかし彼が本気で亜利沙たちを好きになり愛に溺れるのを望むなら話は別だ。

「……素敵ね♪」

「良いね良いね！　姉さんも乗り気だねぇ！」

藍那に見つめられながら、亜利沙は居ないはずの隼人の見つめる。

仄暗い瞳は彼を想い、彼を愛し包み込み、そして尽くそうとする女を亜利沙の中に開花させた。

もう既に運命は動き出し、二人の少女は惚れた男を決して逃がしはしない。

隼人を絡め取ろうと動き出した女郎蜘蛛たちはその愛という名の糸をもって、決して抜け出すことの出来ない巣を作り始めるのだった。

「あ、そうだ姉さん」

「なに？」

「隼人君ね？　中学生の頃に付き合った女の子が居るらしいよ。すぐに別れたみたいだけど、あたしたちで全部忘れさせてあげようね」

「……それはつまり、隼人君の奴隷になれるチャンスを捨てた愚か者ってこと？」

「……それはちょっと違うんじゃないかな？」

少しだけ、ズレている亜利沙だった。

五、覆い尽くす重い愛、けれども真っ直ぐに

otokogirai na bijin
shimai wo namae
mo tsugezuni tasuketara
ittaidounaru

あの日、俺が新条家に行ってから二週間ばかりが経過した。

あと数日もすれば十二月になるということもあって、朝方ともなると大分冷え込んできて体を震わせることも増えてきた。

「……ふぅ」

午前の授業も最後で、これを乗り切れば昼休みになる。

（……なんか、目まぐるしく日々が過ぎてくな）

授業を受けながらぼんやりと俺はそんなことを考えていた。

今まで通りの普通の日々が過ぎていくなら、俺としてもこのようなことを考えることはなかったはずだ。

「……亜利沙と藍那……か」

気を抜くと彼女たちのことを思い浮かべてしまう。

学校では決して見せない彼女たちの素顔、あの時のやり取りを鮮明に思い出してしまうためだ。

そして、最近は昼休みになると更にそれを強く思い起こしてしまう……そして何より、毎日学校に行く前に彼女たちと会うことになった変化についても、どうしてこうなったんだと困惑する一方で、些細なことではあっても一緒の時間を過ごせることに居心地の良さを感じていた。

「ちょうどいい時間だな。日直、号令」

「はい。起立、礼」

色々と考え事をしていたら授業が終わりを迎えた。

昼休みになったことで生徒たちは各々の時間を過ごすのだが、俺のもとには颯太と魁人が集まる。

「腹減ったぜぇ！」

「あと少しで腹鳴りそうだったわ」

二人の会話を聞きながら俺は鞄からあるものを取り出す。

それは本来であれば俺が持ってくるはずのないものであり、ここ最近ずっと俺に彼女たちが渡してくれるものだった。

「今日も弁当なのか」

「なあなあ、マジでそれ誰が作ってくれてるんだ？」

「あはは……まあ良くしてくれる人が居てな」

二人がマジマジと見つめているものこそ、亜利沙と藍那が作ってくれたお弁当だ。

日替わりでどちらかが作ってくれているとのことで、今日の弁当を作ってくれたのは亜利沙だなと何となく分かった。

「……あむっ」

卵焼き、唐揚げ、ミニハンバーグ、アスパラのベーコン炒め……弁当のおかずとしては何の変哲もない献立であることに違いはない。

「……あぁ、美味しいなぁ」

言葉が漏れてしまうほどに美味しかった。

感動して涙を流すというほどではないのだが、もしも俺が涙脆い性格をしていたら泣いていたかもしれない。

「凄い幸せそうに食べるな……」

「……気になるけど、この姿を見る度に何も聞けなくなるんだよなぁ」

二人の言葉にこれ以上は聞いてくれるなと俺は心の中で呟く。

もしこの弁当を作ってくれたのが学校でも美人姉妹と有名な亜利沙と藍那だと分かった途端、二人だけではなく彼女たちに恋焦がれる男子たちからどんな目に遭わされる分かったものじゃない。

「あ、今日のおにぎりの中身は梅干しか……へへっ」

おにぎりの具が大好きな梅干しってだけで頬が緩む自分自身が恥ずかしいのだが、本当に彼女たちが作ってくれた弁当が美味しいのだ。

学食には学食の良さは当然あるのだが、この弁当にはそんな学食では味わえない彼女たちの真心が込められている。

(そういえば咲奈さんも二人を見て作りたいって言ってるらしいんだよな。今のところは二人がそんな咲奈さんを撃退しているみたいだけど)

どこで張り合ってるんだと苦笑してしまうが、咲奈さんの作る弁当はどんな献立なんだろうとちょっとばかり気になるのも確かだ。

(けど……こうして毎日のように二人が心を込めて弁当を作ってくれるのは凄く嬉しいんだ。嬉しいけど、同時に申し訳なさはやっぱりある)

無理をしないでほしい、というかそこまで気を遣わなくても大丈夫だから、そう亜利沙と藍那には伝えているが二人とも気にしないでと言って微笑むだけだ。

もしかして俺のことを？　なんてことを考えるがそれは流石に安直すぎるだろうと俺は首を振った。

確かに俺は彼女たちを助けたのだが、それはあくまで人として当然のことをしただけに過ぎない……でも。

（あんな綺麗な子たちとそんな関係になれるとしたら、相手の男はこれ以上ないほどに幸せだろうな）

そんなことを考えていると、気付かないうちに弁当を完食していた。

ずっとこの弁当を食べている時はこのような感覚だけど、それだけ彼女たちの心が込められたこの弁当が美味しいということだ。

「そんなに美味しかったのか？」

「めっちゃ満足した顔してるぜ？」

「……あ～、ヤバいくらいにな。つうか最近ずっと俺の顔見てんだろ、このやり取りも何度目だよ」

そう俺が言うと、二人はそれもそうだなと苦笑した。

「でもさ、その弁当も気になるけど最近楽しそうにしてるな？」

「前より確実に心からの笑顔が増えたっていうか」

「はぁ？　別に二人と居る時も笑ってるとは思うけど？」

心からの笑顔というのが普段の笑顔とどう違うのかは分からない。

ただ、原因が彼女たちなのかはともかく、確かに最近は今まで以上に笑っていることが増えたかもしれない。

心なしか家に帰った時に寂しさを感じて気分が下がることも減ったからな。

「心からの笑顔っていうのがどんなものかはともかく……なんだよ、二人とも俺のこと見すぎじゃないか？」

「ま、俺は母ちゃんから隼人のことは気に掛けてやれって言われてるからな」

「俺んとこも同じだ。それに、大事な親友のことを気に掛けないわけがないだろ？」

二人とも恥ずかしいことを言っている自覚はないのだろうか……俺は彼らの気遣いに恥ずかしくなると同時に、そこまで思ってくれているのかと嬉しくなってちょっと目頭が熱くなった。

「……ありがとな二人とも」

「お、隼人が照れてんぞ～」

「可愛いでちゅねぇ」

「前言撤回だ馬鹿野郎どもが」

人が素直に礼を言ったらこれだぜまったく。

そんな風に怒鳴りながらも三人で笑いの絶えないやり取りを終え、俺はトイレに向かうために教室を出た。

「……あ」

すると、ちょうど廊下を歩く亜利沙と藍那が視界に映った。

彼女たちは友人を連れて歩いているのだが、本当にこうして見ると多くの人に好かれるクラスの中心人物って感じだ。

「……？」

「……♪♪」

二人とも歩く俺に気付いたが決して声を掛けたり、手を振ったりなどもせずにそのまますれ違う……のだが、藍那はすれ違う瞬間にウインクをしてきた。

そのことに気付いているのは俺と当人である藍那、そして彼女の姉である亜利沙だけで他の人たちは俺たちの間に起きた変化に気付いた様子はない。

「……っと、トイレトイレ」

通り過ぎた二人の背中を見送り、俺は本来の目的を思い出してトイレに入りスッキリさせた俺はふむと顎に手を当てた。

「学校では本当にいつも通りだよな。まあ俺としては変に男子のやっかみを受けないだけでも助かるけど……やっぱりちょっとドキドキするよな」

亜利沙と藍那が男を苦手に思っている事実を知るのは俺だけなのだが、それでも俺に対して彼女たちは本当に色んな姿を見せてくれる。

学校の中と外では違う彼女たちの姿に、僅かではあるが自分が特別に思われているようで嬉しくなる。

「……ったく、さっきも思ったけど変に期待するなよな」

所詮俺は付き合った彼女の期待に応えることが出来ず、短期間で別れるような奴なんだから……って、自分で言ってて悲しくなってきた。

その後は教室に戻って午後の授業だ。

そしてそれを過ごせば放課後がやってくるので、俺は当然家に帰るために帰路につく。

「あ、居た」

自分の家に帰るということは新条家の前を通ることになる。

俺が見つけたのは家の前で既に私服に着替えた亜利沙で、彼女は身嗜み（みだしな）を気にする素振りをしながらも俺を見つけるとぱあっと笑みを浮かべた。

「昼休み以来ね隼人君」

「あぁ。でも……早かったな？」

「急いで帰ったから。それじゃあ隼人君、行きましょうか」

「おう」

実はこうして、今日彼女と放課後に落ち合うのは約束していたことだ。

これから亜利沙と向かう先は俺の家で、これが俺の日々の中で起きたもっとも大きな変化の一つだった。

具体的に言うと、亜利沙と藍那が夕飯を作りに家に来てくれるようになった。

「今日のお弁当はどうだった？」

「凄く美味しかったよ。今日は亜利沙かなって思ったけど合ってた？」

「正解よ。ふふっ、もう私と藍那の味が分かるようになったかしら？」

「……う〜ん、そう言われるとちょっと自信はないな。でも、なんとなく分かる気はしてるんだ。次に同じことを問いかけられたら間違えるかもしれんけど」

「別に怒ったりはしないわ。だから安心して隼人君はお弁当の感想を聞かせてね。美味しいって言ってもらえるだけで凄く嬉しいんだから♪」

「っ……」

この笑顔……この笑顔が本当に魅力的なんだ。

ただでさえ溢れそうな彼女の魅力が敷き詰められたような微笑みに、俺はつい失礼だと思いつつも視線を逸らす。

「隼人君？」

「……なんか暑いな今日」

「そう？　肌寒い気がするけれど……」

俺の誤魔化しに亜利沙は釣られてくれた。

見当違いのことを言った身ではあるが、彼女が鋭すぎて照れた俺に気付かれるのもそれはそれで恥ずかしいので、彼女が釣られたことに関しては感謝だ。

「どうぞ入ってくれ」

「お邪魔します」

二人で家に入ったが、彼女が先に向かったのは仏壇だった。

彼女だけでなく藍那も家に上がると必ずと言っていいほど仏壇に向かい、父さんと母さんに挨拶をしてくれるのだ。

「今日もお邪魔します。お父さまとお母さま」

仏壇に飾られている二人の写真は笑顔だけど、突然に家に来てご飯を作ってくれるようになった彼女たちのことをどう思っているんだろう。

堂本彼方、堂本香澄、俺の両親が見守ってくれている場所なので、俺としても本当に特別な場所だ。

「……母さんは豪快に笑って、父さんも母さんに釣られそうだなぁ」

二人とも生きていたら絶対にそうなりそうな気がするけど、やっぱりそのことを想像すると寂しくもある。

「さてと、それじゃあ夕飯の準備に取り掛かろうかしら」

「亜利沙、ちょっと良いか?」

「なに?」

立ち上がった彼女と顔を合わせ、俺は考えていたことを口にする。

「そのさ……弁当も本当に嬉しいし、こうして夕飯を作ってくれることも凄く感謝してる。亜利沙だけでなく藍那にも同じことを思ってるよ」

「えぇ」

「けど……本当に無理してないか? 亜利沙と藍那が自分の時間を犠牲にしてるんじゃないかって思ってるんだよ。だから俺のことにそこまで時間を割かなくても――」

そこまで口にした時、そっと亜利沙が俺の口元に人差し指を置いた。

「本当に大丈夫よ。無理をして自分の体を壊したりするのは言語道断、だってそんなことをしたらそれこそ隼人君に迷惑もそうだけど心配掛けちゃうでしょ？　だから私と藍那もちゃんとその辺りのことは気を付けてる。その上であなたにこうして私たちは時間を捧げてるの」

そこまで言われてしまったら俺としてもこれ以上は言えない。

そもそも彼女たちの母親である咲奈さんまでもが娘たちのしたいようにさせるというスタンスらしいので、本当に俺がこうして悩むことの方がおかしいようにも思えてしまう。

「それじゃあそろそろ夕飯に取り掛かるわ」

「……マジでありがとな」

「うふふ♪　だから良いのよ。お礼はご飯を食べた時にちょうだいね？」

人差し指を口元に当ててお茶目(ちゃめ)な仕草をしながら亜利沙はそう言った。

思わず外に出て惚れてまうやろと大声を出しそうになったが、その気持ちが吹き飛ぶ事態になろうとは……その時の俺は考えられなかった。

▼▽

「……あぁ今日も美味(うま)い！」

「ありがとう隼人君」

亜利沙の作ってくれたビーフシチューを食べながらしみじみと呟く。

彼女が家に来てから少しばかりハプニングは起きたものの、あれからすぐに時間は流れて夕飯になった。

「隼人君が美味しそうに食べてくれる顔を見るのが最近の楽しみなの。お代わりもあるからどんどん食べて？　余った分は冷蔵庫に入れて明日の朝にでもレンジで温めて食べてちょうだい」

「何から何まで悪いな」

「良いのよ。さてと、私も食べようかしら」

俺の感想を待っていたんだろうか、ようやく亜利沙もシチューを食べ始めた。

「ところで隼人君、そろそろ期末テストの時期だけどどうなのかしら？」

「……あ～」

そういえばそうだった。

俺は基本的に勉強が出来ない方ではないが、毎回高得点を取れるほどに頭が良いわけでもない、言ってしまうと普通である。

「ま、いつも通りかな。一学期の中間と期末、それと二学期の中間もまあまあだったから今回も適度に頑張るよ」

良い点数を取れるに越したことはないだろうけど、普通より少し点が良いくらいで満足してしまうのでそこまで頑張るつもりはない。

「……それなら」

「それなら？」

「私たちと一緒に勉強しない？」

「一緒っていうのは亜利沙と藍那ってこと？」

「そうよ。自慢するわけではないけれど、私も藍那も成績は良い方だわ。だから色々と教えられることもあると思うし、どう？」

「……それはありがたいな」

「決まりね♪」

ということで急遽（きゅうきょ）ではあったがテスト前に一緒に勉強することが決まった。

場所は俺の家でやるか亜利沙たちの家でやるか、そこは追々決めましょうと亜利沙は本当にその時が楽しみだと言わんばかりの様子だ。

（……取り敢（とあ）えずこの辺でツッコミを入れておくか）

食事が済んだ俺は意を決したように改めて彼女の姿を見ながら口を開く。

「なあ亜利沙……なんでメイド服なの？」

そう、今彼女は何を思ったのかメイド服姿だ。

学校が終わって彼女と落ち合った際に大きな荷物を持っていたけど、まさかそれがメイド服だとは思わなかった。

夕食を作ると言ってエプロンを取り出すと思いきや、綺麗に畳まれたメイド服が出てきた時には思わず二度見……いや三度見したほどだ。

「それはもちろん、隼人君のために何かしたいと思ったからこれを着たくなったの。あれから着ることもなかったしちょうど良かったわ」

「……そんなものなのか？」

「そんなものよ。改めて……どう？」

立ち上がった亜利沙はその場でクルッと回った。

彼女が着ているメイド服はあの時と同じで、フリルたくさんで体のラインは分かりやすく、更にはミニスカタイプなので眩しいほどの太ももがお目見えしている。

「……その……あの時も言ったと思うけど凄く似合ってる」

「ふふっ、どうかしら。私のご主人様になりたくなった？」

口元に手を当てて亜利沙は妖艶な雰囲気を纏いながらそう言った。

恐ろしいまでの美少女にこのようなことを言われた経験はないので、俺自身どのように答えれば良いのか分からないくらいに固まってしまった。

(……俺、今別世界に生きてるのかな)

彼女が誰かに尽くすことを願っているのは聞いていたが、これもその一環だとするなら彼女の瞳から感じる本気度合いがよく分かる。

「隼人君、どうなの？」

「っ……」

考え事に夢中だったせいか距離を詰めてきた亜利沙に気付かなかった。

近くに居た彼女から距離を取るように一歩退くと、そこにあったのはちょうどソファで俺はつい体勢を崩して背中から倒れそうになる。

「隼人君！」

ソファの質感は柔らかいので何も心配はないのだが、亜利沙は倒れる俺に咄嗟に腕を伸ばし、そして一緒に倒れてしまった。

「大丈夫……か？」

「えぇ……あ」

支えようとしてくれた彼女を逆に下になった俺が支えている形なのだが、左手に伝わる柔らかな感触に意識が全集中した。

その手の平にあるのは間違いなく亜利沙の豊満な胸元であり、彼女が体重を掛けてくる形になってるので思いっきり指が沈み込んでいた。

「ご、ごめ――」

つい力を入れてしまい、更に指が彼女の胸に沈んだ。

亜利沙は悩ましげな声を漏らしながらも、ジッと俺を見つめてながら顔を近づけてきた。

「ここからどうするの？　何をしてほしいの？」

まるで脳を犯すような甘さを孕(はら)んだ言葉と、亜利沙の温(ぬく)もりと柔らかさが俺の理性に襲い掛かる。

「何だって良いのよ？　それこそ……こんなことだって」

「あ、亜利沙⁉」

ニヤリと色っぽく笑った彼女は胸元のボタンに手を掛けた。

パチン、パチンと音を立てて上から二つほどボタンを外したことで、メイド服の生地の上からでも主張していたその膨らみの谷間が覗(のぞ)いた。

「っ……」

目を逸らさないといけない、でも俺は逸らすことが出来なかった。

亜利沙はクスッと笑い、自分の指をその大きな柔肉に押し付け、甘い吐息を零しながら言葉を続けた。

「私はメイド、隼人君だけのメイドさんよ。どんなご奉仕でもしてあげる、それこそエッチなことでもなんだって良いわ。全部全部、私がしてあげるから」

「あり……さ……」

なんだ、なんなんだろうこれは。

ダメだと理解しているのに、亜利沙の放つ言葉と雰囲気に全てが呑み込まれていきそうで……それこそ、目の前に居るエッチではしたないメイドに好き勝手したい、そんなことさえも考えてしまう。

（……スタイル抜群のエッチなメイドさん、それは確かに男の夢かもしれないがこれはちょっと――）

あまりに刺激が強すぎる。

しかも清楚な見た目の亜利沙だからこそ際立つエロさというか、グッと心を掴んで離さない何かがあるのは確かだ。

「さあ隼人君、言ってみて――何をしてほしいの？」

「……俺は」

耳元で囁かれ、その声に導かれるように俺の手は彼女の胸へと伸びた。

はだけた胸元のその頂へ、あと少しでその柔らかさを堪能出来ると思ったその瞬間に俺は手を引っ込めた。

「こほん!! 揶揄わないでくれって亜利沙」

よく我慢したと、俺は自分で自分を褒めたい気分だ。

亜利沙は引っ込んだ俺の手を不満そうに見つめ、ぷくっと頬を膨らませた。

「揶揄ってなんかいないのだけど……むぅ、中々に強敵ね」

強敵って何だよと俺は内心で呟く。

このような不意の事故からもそうだが、さり気ないことでこんな風に彼女たちの体に触れることが増えた。

今の亜利沙のように藍那もすぐに体を離そうとはせず、言葉と雰囲気を巧みに使いながら迫ってくる……それこそ、俺の理性を溶かすように、或いは毟り取ろうとするように甘いフェロモンを彼女たちは放ってくる。

(……分からない。どうしてそんなことを彼女たちはしてくるんだ。ただのボディタッチならまだ大丈夫、でも彼女たちは――)

容易に心の内側に入り込んでくる……ほら今日も。

「隼人君」

亜利沙は俺の顔を胸に抱いた。

優しく、温かく、そして安心させるかのように問いかけてくる。

「私は隼人君にお帰りって言いたいわ。あなたが帰ってきた時、決して孤独ではないってことを伝えたいの」

まただ……また彼女たちの言葉は俺の内側に入り込んできてしまう。

甘えるなと心を強く持っても、毒のように簡単に内側に入り込んで壁を溶かし、彼女の言葉がダイレクトに心に伝わるようになってしまう。

「私たちの存在に、声に、こうやって触れ合う瞬間に少しでも安らぎを感じることが出来るのなら、どうか甘えてほしいわ。受け止めてあげる、頑張ったねって言ってあげる。私があなたの温もりになってあげるから」

入り込んでくる言葉は決して鋭利な刃物ではなく、やんわりと染み込んでくる甘い蜜のようだ。

溺れてしまえば良いと思わせる温もりと優しさだが、最後には理性が押し留(とど)める。

けれどもその理性の防波堤も徐々に崩れてしまい、決壊しそうな感覚を俺は感じていた。

「私が支えになるわ。ずっと、いつまでもあなたを支えるから。どんなことでも応えてあげる……私はあなただけの――」

溺れるとかもうそんなレベルの話ではない。

どうしようもないほどにその温もりに俺は惹かれ、手を伸ばしたくなってしまっていたのだから。

その後は亜利沙を家に送ることになるのだが、流石に服は着替えてもらった。

いくら夜で人目があまりないとはいえ、暗い中でメイド服の女の子を歩かせるなんてどんな目で見られるか分からなかったからだ。

「それじゃあね隼人君。おやすみなさい」

「あぁ。おやすみ亜利沙」

彼女の家が見えたところで俺は亜利沙と別れた。

その背中が玄関に消えていくまでしっかりと見届け、俺は吹き抜ける寒さに体を僅かに震わせながら背を向けた。

▼▽

亜利沙が夕飯を作りに来てくれた日から数日が経って金曜日だ。

「……ふぅ」

タオルで泡を立てて体を洗っているのだが、俺は少し落ち着かなかった。

「早く体を洗って上がっちまおう。なんか嫌な予感がする」

俺がそう呟いた理由は簡単で、今日は藍那が夕飯を作りに来てくれていた。ちゃちゃっと用意をしてしまうから、その間にお風呂に入ってきてと言われ今こうして体を洗っているわけだが、そんなことはないと思いつつもどうしてか俺は藍那が何かをしてきそうな気がするのである。

「この状況で何をしてくるってんだよ馬鹿野郎が……でも、最近の亜利沙もそうだけど藍那も本当にボディタッチが多いし距離が近いんだよな」

あのメイド服騒動に目を瞑れば亜利沙はまだ軽い方だけど、藍那となると一気に話は変わってくる。

「隼人君、もうお湯に浸かってる？」

藍那のことを考えていたからなのかは分からないが、何故か彼女が脱衣所に顔を出して声を掛けてきた。

「え？　あぁいや、すまんまだ体を洗ってる最中だ」

突然のことにドキドキしながらも聞こえた藍那の声に俺はそう返した。

（もう冬だし流石に風呂場で湯船に浸からずに考え事なんかしてたら風邪引くよな。そう

なるとそれこそ心配を掛けてしまう）

この後に藍那もこっちで風呂を済ませたいと言っていたしとっとと済ませよう。

そう思って手の動きを再開させたのだが、どうも脱衣所から藍那が出ていく様子がない。

「どうしたんだ？」

「う〜ん……」

何かを考えるような素振りを感じたと思えば、彼女はこんなことを口にした。

「実は料理の最中に水を被っちゃってさ。服がびしょ濡れになっちゃったからあたしも入って良い？　風邪引くと困るし入っちゃうね♪」

「……うん？」

今、絶対に聞き逃してはいけない言葉が俺の鼓膜を震わせた。

ギョッと目を見開いた俺の背後で、服を脱ぐ音が聞こえたかと思えば戸が開いて藍那が姿を見せた。

「お邪魔しま〜す♪」

「ちょ、ちょっと何をしてはりますの!?」

先ほどまでの考え事、悩み事を吹き飛ばし更には喋り方までもおかしくさせてしまうほどの光景が目の前に広がっている。

流石に全裸ではないがタオルを体に巻いている藍那、彼女は悪戯が成功した子供のようにニコッと無邪気に笑って俺を見つめた。

「お背中流しま～す♪　拒否権はないよん♪」

「…………」

彼女の姿に口をパクパクとさせながら俺は見つめることしか出来ない。

しかしながらブルッと体を震わせて寒いねと言った彼女に、俺はもう出ていけと口にすることは出来なかった。

「あたしが洗ってあげるね。ほら、それを貸して？」

「あ、はい」

人間、あまりにも驚きと困惑が突き抜けると反対に冷静になれるらしい。

手に持っていたタオルを藍那に渡すと、彼女は俺の背中にタオルを優しく押し当ててゴシゴシと洗い出した。

「ふんふふ～ん♪　ふんふ～んふふん♪」

鼻歌を口ずさみ、機嫌の良さが分かる彼女の手つきはとても優しかった。

是非また同じことをしてほしいと馬鹿なことを考えてしまうくらいには、俺もリラックスしてしまうほどの心地よさがあった。

「流すね」

「あぁ」

ざあっと音を立ててお湯が背中を流れ、泡が解けるように流れていく。

すると、俺のお腹に後ろから彼女の手が回り、そのまま藍那は俺の背中に抱き着いてきた。

「ごめんね。少しこうさせてほしい」

「……分かった」

恥ずかしさはある、頭がパニックになっている……それでもそれ以上の安心感があった。

「隼人君の背中は大きいね凄く。男の子の背中……あたしたちを守ってくれた本当に大きくて、頼りになる背中……あたしの大好きな背中」

最後に小さく呟いた藍那はクスッと笑って俺から離れ、自分の体を洗い始めた。

流石に俺はすぐに出ようとしたのだが、ちゃんと温まってと阻まれ、俺は素直に言うことを聞いて湯船に浸かっている。

「それじゃああたしも入るね♪」

うちの風呂はそこそこ大きく、湯船も二人が入るには十分だ。

ぴちゃっと音を立てて隣に座った藍那の姿を、俺はとにかく出来るだけ見ないようにしながら平常心を保とうと努める。

　亜利沙の時もそうだったけど、ハプニングが起きたりしてドキドキすることは本当に多いのだが、このようなことは流石に初めてである。

「……あ」

「ふふっ、気になるのかなぁ？」

　チラッと隣を見た時、藍那と視線が合わさった。

　彼女の綺麗な瞳に見つめられると視線を逸らすことが出来ず、綺麗な茶髪が肌に貼り付いているのも、タオルを巻いているにもかかわらず見えてしまう胸の谷間も、真っ白で健康的な綺麗な肌もその全てが見えてしまい、こんなにも綺麗な女性がこの世には居るのかと思ってしまうほどだ。

「……その、あたしも恥ずかしいんだよ？　ならなんで一緒にお風呂に入ったんだって話だけど、理由は単純で隼人君と一緒に入りたかった！」

「ストレートだな……」

「でもやっぱりヤバいなぁこれ。ねえ隼人君、あたし本当に妊娠しちゃうかも」

「どういうことなの⁉」

　妊娠とかいきなり言わないでほしい、あまりにも心臓に悪いから。

というか今のこの現状においてその言葉は本当にマズいし、意識するなというのがあまりにも難しすぎる。

「……藍那？」

「……なに？」

顔を真っ赤にしている藍那は気付いているだろうか、彼女はずっと湯船に入ってから俺の手を握りしめていることを……つまり、彼女は意識することなく俺をこの場に縫い留めている。

「ねえ隼人君、あたし……隼人君のお父さんとお母さんの話が聞きたいな」

「俺の両親の？」

「うん」

いきなりだなとは思いつつ、この状況でその話題提供はありがたい。

「そうは言っても何から話そうか」

「何でも良いよ。あたしは何でも聞きたいから」

俺の言葉を待つ藍那がジッと見つめてくる。

別に隠していることでもないし、両親が居ないことを既に知っている藍那ならばと俺は話すことにした。

たぶん亜利沙にも近いうちに話すことになりそうな内容だ。

「俺にとって両親は本当に大切な存在だ。父さんは優しかったし、母さんはとても強かった」

「強い？」

「あぁ……なんつうか、母さんの場合はそんな表現がしっくりくるんだよ」

父さんは優しくて母さんは強い、それが俺の認識だった。

「父さんは俺が小学生の時に事故で、母さんは中学生の時に病気でそれぞれ亡くなってしまったけど、本当に愛情をもって育てられたよ」

流石にもうどんな風に過ごしていたかを詳しく思い返すことは減ったけど、それでも両親との記憶は色褪(いろあ)せない。

「あたしは隼人君とご両親がどんな風に過ごしていたかは当然分からないけど、でも隼人君の言葉の端々から本当にご両親が大好きだったんだって伝わってくる」

「……そうかな」

「そうだよ♪」

確かに俺は両親のことが大好きだ……けど。

「それは藍那だって同じだろ？　亜利沙のことも咲奈さんのことも、亡くなったお父さんのことが大好きだって、大切だってことは伝わってくる。その点においては同じだよ」

「そ、そうかなぁ？」

「そうだって。家族のことが大事、俺たち似た者同士ってな♪」

「……あ」

そう伝えるとどこか藍那はポカンとした表情になった。

もしかして外したかと不安になったのも束の間、彼女は突然に瞳を潤ませるようにしてえへへと笑う。

「どうした？　大丈夫か？」

「うん大丈夫。ごめんねいきなり……なんていうか、さっきの隼人君の笑顔がお父さんに見えちゃって」

それは……光栄に思えば良いのかどうなんだろうか。

別に老けているという意味ではないと思うけど、藍那はしみじみと言葉を続けた。

「姉さんも言ってたけど、隼人君ってふとお父さんと重なることがあるんだよね。頼りになる部分もそうだけど、絶対に守ってくれるっていう安心感があるの」

「そうなのか？　正直、あれから大きな何かがあったわけでもないから頼れるって言われても俺の方が首を傾げちゃうんだけど」

「ふふっ、そこに居てくれるだけであたしたちの心が安らかになる。寄り掛かれるってことだよ♪」

既に藍那は俺の肩に頭を置くようにしてそう言った。

既にこの状況に慣れてしまったかのように落ち着いているのが逆に驚きだが、もしかしたら家族の話をしていることが気持ちを落ち着かせているのかもしれない。

それからも俺と藍那は家族の話で盛り上がったが、俺はようやく楽しいだけの記憶から少し苦い記憶へと移った。

「そんな風に幸せな家庭環境だったのは言うまでもないけれど、父さんの実家からはかなり嫌われてるんだ」

「え？」

藍那は目を丸くした。

この話を続けても良いかと問いかけると、彼女は頷いた。

「ありがとう」

父さんと母さんは大学で知り合っての恋愛結婚で、そこまでは心温まるエピソードだ。

だが父さんの実家は家柄を重視しており、一般家庭に生まれ育った母さんは「釣り合わない」と猛反対された。もちろん結婚なんて認められるわけもなくほぼ駆け落ち同然で家を出たらしい。

「それで父さんはほぼ勘当扱い、そのこともあってあっちの祖父母は俺や母さんのことも視界に入れたくないほどに毛嫌いしてる」

「……そうだったんだ」

「漫画みたいだろ？　でも実際にあったんだこれが」

そう、実際にあったことだ。

そしてどうして俺がそんな風に思ったのか、それを知らしめる彼らとの出会いが一度だけあった。

「父さんが亡くなってから数日後に、俺と母さんの前にあの人たちは現れた。当時は言葉の意味を理解していなかったけど、今となっては分かる……俺と母さんはそれはもうボロクソに罵倒された」

父さんを失って憔悴した母さんに対する追い打ちに、俺はたまらず母さんを守るように彼らの前に立った。

それっきり彼らと会うことは今までなかったけど、その夜に母さんに言われたことは今でもしっかりと憶えている。

『隼人の背中、とても大きかったわよ。まるでお父さんみたい、お母さん凄く嬉しかったわ』

母さんはそう言っていたけど涙を流していて、そんな母さんを見て今度は俺が大泣きをして、それで母さんが釣られて更に泣くっていう無限ループだった。

そんなこともあって、あの出来事が俺に母さんを守るんだという気持ちを抱かせることになった。

「母さんは俺に甘えろってよく言ってた。子供は親に守られるものだからって。でも実際に母さんが泣いているのを見るとさ、これが結構心に来るんだよ。泣かないで、俺が守るからってそう思っちゃうんだ」

ちょっと湿っぽい話になってしまったなと、そう思った俺の目元に藍那が指を近づけて涙を拭ってくれた。

どうやら当時のことを思い出して涙が出ていたらしく、俺は急に恥ずかしくなって彼女から視線を逸らそうとしたが出来なかった。

「……そっか、そうだったんだね。隼人君の背中が大きく見えるわけ、やっと分かった気がするよ。うん、あたしが好きになるわけだ……こんなにカッコいい人、好きにならないわけがないもん」

藍那は一度目を瞑り、何かを決心して俺の頭を優しく抱くようにした。

「ねえ隼人君、隼人君はとても強い人だよ。でも……寂しがり屋でもあるかな」

「……っ」

「その寂しさ、あたしに……あたしたちに埋めさせてよ。絶対に寂しい気分にさせない、いつでもどこでもあたしたちが隼人君を満たしてあげる。だから……あたしたちに溺れてよ」

溺れて……その言葉が甘い麻薬のように脳に入り込んでくる。

顔を上げれば慈愛に満ちた瞳で俺を見つめる藍那がそこには居た。

その瞳に映る俺はどうしようもないほどに、迷子になった子供のように彼女を求める目をしていた。

「ちなみに、隼人君と一緒にお風呂に入りたくて水を被ったのはワザとね♪」

「……え？」

六、繋がる心、昏くも確かな愛を誓う

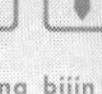

otokogirai na bijin
shimai wo namae
mo tsugezuni tasuketa
ittaidounaru

亜利沙、藍那とのやり取りを経ての休日だ。

来週から彼女たちと集まってテスト勉強をする予定を立てており、今までとは違った時間になるんだろうなと内心ワクワクしている。

「ふぅ、ワクワクもするんだけどなぁ」

同時に、現状に対してこのままで良いのかとも思い続けている。

普段から弁当を作ってくれたり、夕飯を作りに来てくれたり……あんな風に俺に接してくれているのを見て、彼女たちの気持ちに気付かないわけがない。

「やっぱり、そういうことなんだよな」

流石にここまでのことをされてそこに何もないと思えるのはハーレム系漫画の鈍感主人公くらいなもので、俺はちゃんと彼女たちの気持ちを察している……察してしまった。

『隼人君』

『隼人君♪』

二人の声が脳内で反復する。

それだけ俺も二人のことが気になり、あまりにも近しい存在になってしまったという証なんだろうか。

「……俺はどうすれば良いんだろうな」

彼女たちの気持ちに気付きながらも今の生活を享受するのか、それとも……。

「隼人君」

「隼人君♪」

ほら、二人のことを考えていたからかまた声が聞こえてきた。

「ったく、どんだけ亜利沙と藍那のことが気になってるんだよ俺は」

「あ、私たちのことが気になってるの？」

「おぉ♪　これは良いことを聞いたね姉さん！」

あぁヤバい、二人の声が消えてなくならない。これは重症だ。

気持ちを落ち着かせるために大きく息を吐いた瞬間、両の手をそれぞれ握られてしまい、俺はビクッとしながら左右を見た。

「……亜利沙？　藍那？」

俺の手を握ったのは亜利沙と藍那だった。

どうも今回の妄想はあまりにもリアルすぎて驚いたが……ってそんなわけがないだろう！

「な、なんで二人がここに⁉」

まさか偶然にも二人に街中で出会うとは思わなかった。

亜利沙と藍那はニコッと笑い、暇を持て余していたから姉妹で仲良くデート中だと教えてくれた。

「別に百合の気はないからそこだけは勘違いしないでね⁉」

「え？　あ、あぁ……」

突然必死に藍那に否定されたので俺は頷く。

別にそんなことは思ってないけれど、亜利沙と藍那の間に百合の気配があるのならそれはそれで尊いような気もするが。

「隼人君は何をしてたの？」

「あ～……まあ適当にブラブラと」

「そうなのね……ふ～ん？」

「ふ～ん……ふ～ん？　ふ～ん♪」

最近、彼女たちの仕草で何を伝えたいのかが分かるようになってきた。

俺としても突然の出会いに驚きはしたものの、やはり心が喜んでいるのが分かった。

「二人とも今日は暇？」

「暇よ！」

「暇だね！」

「うん分かってた」

二人の元気の良い返事に苦笑し、それなら一緒に買い物でもしようかという話になった。

「そういえばさ、姉さんの部屋にあるメイド服って隼人君と選んだんでしょ？」

「選んだというより……どうなんだあれは」

「隼人君が気に入ったものを買ったから合ってるんじゃない？」

「羨ましい！　あたしだって隼人君に服を選んでもらいたいもん！」

静かに過ごすことになりそうだった休日が一気に騒がしくなってしまった。

学校では決して彼女たちとこうして触れ合うことがないだけに、やっぱりこうして学校外で会う彼女たちは全く違う顔を見せてくれる。

（……それが嬉しいって思ってるんだよな俺は）

その特別な顔が俺にだけ向いていることも理解している。

だからこそ、俺は彼女たちにどう応えるべきなのか……その答えが情けないながら何も出てこない。

「どうしたの？　少し難しそうな顔をしているわ」

「えっと……」

「それじゃあカラオケにでも行ってぱあっと歌おうよ。そうすれば小さな悩みなんて吹き飛ぶって！」

「吹き飛んじゃダメでしょ……ねえ隼人君、何かあれば聞くわよ？」

「吹き飛ぶは冗談だけどね。そうだよ隼人君、悩みがあったら言ってほしいな？」

「……ありがとな二人とも。でもこれはしばらく一人で悩ませてもらうよ」

そう伝えると二人は顔を見合わせたが、俺が言ったことならと納得してくれた。

それからは俺も切り替えて二人との時間を楽しみ、藍那が提案したカラオケに行って時間を潰した。

「亜利沙って結構……あれだったんだな」

「言わないで！　歌だけはダメなのよ私は……っ！」

カラオケ店に来たものの亜利沙が妙に歌うことに消極的だったのだが、いざ歌ってみると彼女はそれはもう凄い歌唱力だった。

あの綺麗な声からまさかあんなにも音程の外れた歌声が放たれるとは思わず、俺はポカンと口を開けて呆然としてしまった。

「基本的に姉さんって何でも出来るんだけど歌はてんでダメなんだよねぇ」

「あなたが上手すぎるのよ！　何気に隼人君も点数高かったし！」

「いやまあ……俺の場合は友達とアニソンとか歌いに来て慣れてたからさ」

あぁそうそう、ちなみに藍那は凄まじいほどに歌が上手で、俺と亜利沙が目を瞑って聴き惚れるほどだった。

「また今度来ようよ♪」

「私は良いわ……来ても歌わない。二人が歌うのを黙って聴いてる」

「それ全然楽しくないでしょ……」

なんというか、藍那もそうなんだけど亜利沙の意外な一面を見た気分だ。

亜利沙は基本的に何でも出来るタイプだと思っていたけど、そんな彼女にも当然弱点はあったわけだ。

（……そういうところも可愛いっていうか、魅力の一つに思える。いや、実際に彼女を形作っている魅力だ）

彼女たちを知れば知るほど、その魅力に気付いて夢中になる……今まで彼女たちに告白した連中ではないが、なるほど確かにと彼女たちを求める気持ちが理解出来る。

「さてと、これからどうする？」

「隼人君はどこか行きたいところはあるかしら？」

「う～んそうだなぁ」

取り敢えず歩きながら考えようとなって俺たちは足を動かす。

しかしその時、俺は目の前で泣いている小学生くらいの男の子を見つけた。

「あれは……」

その子は泣きながら周りをキョロキョロと見ており、俺は瞬時に迷子になってしまったんだなと分かった。

「二人ともすまん、ちょっと行ってくる」

俺は亜利沙と藍那の返事を待たずに男の子に近づいた。

「どうしたんだ？　お父さんと母さんとはぐれたか？」

「え？　……うぅ……うううううっ!!」

どうやらビンゴみたいだ。

全く知らない人に話しかけられて警戒されるかもとは思ったが、思いの外男の子は俺から逃げようとはしなかったので、俺はその子の頭を優しく撫でる。

「よしよし、取り敢えず……迷子なんだな？」

「うん……パパとママと遠くに来たの。それで……それで……っ！」

「あ～そういうことか。分かった分かった。それじゃあ俺と一緒に探すか」

「え？　良いの？」

「おう」

小さな子を落ち着かせるには笑顔が一番、俺はとにかくこの子を安心させるために笑顔を浮かべることを心掛けた。

「隼人君……あら、迷子？」

「あ～目が真っ赤だね。それと鼻水も凄いことになってる。ほら、ちーんして」

俺を追いかけて二人も駆け付けてきた。

藍那がティッシュで男の子の鼻水を綺麗に拭き取ったのだが、子供が欲しいなんて言ってただけに小さい子供の扱いは手馴(てな)れているのかもしれない。

「ありがとお姉ちゃん」

「うんうん、どういたしまして♪」

それから男の子が落ち着くのを待ってから早速彼のお父さんとお母さんを探すために俺たちは歩き出した。

「ほら、肩車してやる。少し高い所から探した方が良いだろ？」

「え？　良いの？」

「あぁ。ほれ」

「うん！」

中々に素直な可愛い子で、俺だけでなく亜利沙と藍那も自然と笑顔になった。

少しばかり歩いたところに警察署があるが、もしも行き違いになったりしないためにこうして探しながら歩くことにしたのだ。

そして、意外と早く彼の両親は見つかった。

「どこに行ってたの⁉」

「探したんだぞ？」

「パパ！　ママ！」

母親は涙を流しながら男の子を抱きしめ、父親も困ったようでありながらホッと安心している様子だった。

「良かったわね」

「うん。やっぱり親子はこうでないと♪」

そうだな、本当にその通りだと思うよ。

その後、男の子も両親も落ち着いたところを見計らうように、ぐぅっと男の子のお腹が可愛く鳴った。

「あらあら」

「ママ、お腹空いちゃった……」

「分かったわ。あなた、ちょっと待ってて」

そう言って母親が男の子を連れていき、残されたのは俺たちと父親だけだ。

しかし、そこで俺も男の子の両親が見つかったことに安心したせいかトイレに行きたくなってしまった。

「ちょっとトイレ行ってきて良いかな?」

「良いわよ」

「いってらっしゃい」

しばらく待ってもらうことになりそうだが、俺はすぐに用を足して戻ろうと思い駆け足で近くのトイレに向かった。

▼▽

「姉さん。本当にすぐ見つかって良かったね?」

「えぇ」

隼人君と出会ってすぐ、私たちは迷子の男の子を見つけた。

泣いている男の子をどうにかしてあげたいとそう思ったのは、私も藍那もきっと同じだと思うけれど、そんな私たちよりも先に隼人君は動いた。

やっぱり、やっぱり彼は優しい人だなとその背中を見て私は思った。

「しかし綺麗なお嬢さんたちだ。今日は本当に助かったよ」

「どういたしまして」

男性の言葉に私たちは短く返す。

こういう時に男性に対して苦手意識が出るのは仕方ないことだと思いつつ、相手が子供のいる父親だと思えばそれも軽減された。

(迷子……か。私と藍那も小さい頃、迷子になったことがあったわね)

あの時の私たちもさっきの男の子のように大泣きをしながら街中を歩いていた。

ついさっきまで一緒に居たはずの両親とはぐれてしまい、藍那と手を繋いでどうにか私たちだけは離れないようにと必死だった。

そんな私たちを父さんと母さんが見つけて……それで――。

「でも良かったです。早く見つかって、あたしたちも安心したし」

藍那の言葉に男性は笑みを浮かべた。

その笑みに私は父親というのはこうなんだと思い出し、そのことに僅かな寂しさを抱きつつも、目の前の家族の幸せな光景に私も微笑んだ。

「しかし……本当に二人とも綺麗な子だね？　それに……」

そこで私は違和感……というより、男性の言葉から嫌なものを感じ取った。

さっきまでの雰囲気は鳴りを潜め、私と藍那……特に藍那を見る視線にいやらしいものが混ざり込んだ。

藍那もそれに気付いたのか一歩下がるように男性から距離を取る。

男性はそれに気付くことすらなく、私たちの存在に目が眩んだようにこんなことまで言い出した。

「最近、子供のこともあって妻があまり相手をしてくれないんだ。君たちはお金に困ったりはしてないか？　これでも結構稼いでいてね。良かったら電話番号を――」

この人は……この人は何を言っているんだろうか。

もちろん言葉の意味は理解出来る、けれどさっきまでの父親の顔を捨ててこの人はなんて提案をしているんだろうと私は唖然とした。

（……この目はあの時の）

男性の目があの日の……私たちに最悪な一日を齎したあの強盗の目と重なった。

私は突然そのことを思い出して体が震えたけれど、それよりも大きかったのはとてつもない絶望に近いものだった。

子供を持った父親でさえも結局は私たちが嫌いだった男でしかなくて……子供のことを大切なんだと言いつつも、結局はこうでしかないんだと思い知らされた気分だ。

（そうよ。結局男なんて――）

違う、それは違うんだともう一人の私が囁く。

だって私はもう知っているでしょう？　男性というのは決して私たちが今まで見てきた嫌悪すべき人たちだけじゃない、私たちを守ってくれて……大好きだと思えるようになった男性が居るじゃないか。

（隼人君……）

隼人君と、そう名前を心の中で囁いたからなのかもしれない。

「すまん。二人とも待たせた」

彼が、隼人君が戻ってきてくれた。

彼はきっとこの男性が私たちに何を言ったのかは知らないはず、だというのに隼人君は私たちを背に庇うようにして男性を見つめ返していた。

「取り敢えず安心出来たし、俺たちはこれで失礼します。行こうか二人とも」

「ちょ、ちょっと――」

男性が何かを言おうとしたが、隼人君は私たちを連れて歩いていく。

私たちとしてもそんな彼に逆らう気は更々なくて、手を引かれるがままにその場から離れるのだった。

そしてある程度歩いて人の波から外れた頃、近くの空いていたベンチに座って隼人君が口を開いた。

「その……何となく、本当に何となくなんだけど亜利沙と藍那が嫌そうな……辛そうな表情をしていたからさ。まさかとは思ったけど、その様子だと間違ってなかったみたいだな」

たぶん、隼人君もまさかという気持ちなんだろう。

「……えへへ♪　隼人君は本当にあたしたちのことをよく見てくれてるんだね」

嬉しそうに藍那がそう呟き、私もそうねと頷いた。

流石にそこまで気にさせてしまって何があったのか言わないわけにもいかず、私と藍那はあの男性から何を言われたかを全て話した。

子持ちの男性がそこまでハッキリと口にしたとは流石に思っていなかったのか、隼人君は驚いていたけれど、それは私たちも同じだった。

「結局男性って同じなのねって思ったの。もちろん隼人君は違うわよ？」

「うんうん♪　隼人君のことはよく分かってるもんね！」

「…………」

だから隼人君のことを他の男と同列に語ることはしない……そんな意味を込めた言葉だったけれど、隼人君は静かに口を開いた。

「まあなんだ……そう言ってくれて嬉しかったよ。ありがとう二人とも」

私と藍那は笑顔で頷く……けれど、隼人君はまだ言葉を続けた。

「俺もまさかあの人がって驚いたけど、でもそういった男性が多いのも確かだと思うんだ。二人はただでさえ美人だから、そういう目で見られることが多いのも仕方ないとは言いたくないけど……あると思う」

隼人君はどう言おうか纏まっていない様子ながらも、しっかりと私たちの目を見ていた。

「世の中、君たちのことを邪な目で見る男ばかりじゃない……その、そうは言っても俺だって二人のことをちょっとエッチな目で見ることはあるんだ。さっきも言ったけど美人だし……その、ふとした仕草もドキドキするし……えっと、メイドさんとかお風呂のこととかもそうだし？」

そのことは逆にドキドキしてもらわなかったら困るし、そもそもそれを狙ってのことだった。

だからこれでもしもエッチな目で見ていないなんて言われたら私たちの方が自信を失ってしまうくらいだ。

「けど、男は……俺は二人にさっきみたいな気持ちを抱かせたりはしない。俺はちゃんと二人のことを考えられる男で居たい……だから、二人を不安にさせるような男ばかりじゃないってことは言わせてほしいんだ」

「隼人君……」

「……ふふ」

さっきも言ったけど、隼人君はきっと口にしたい言葉が纏まってはいなかった。

それでも私たちに対して伝えたい言葉を必死に口にしてくれた……こう言ったら嫌がるかもしれないけれど、必死に言葉を伝えようとしてくれる姿は可愛くて、やっぱり隼人君はこういう人なんだって再認識させてくれた。

（でも……たとえ隼人君がどんな姿を見せてくれても、もう彼に抱くこの感情が覆ることはないでしょうね。私、やっぱりこの人を好きになって良かったわ）

今の私はどんな目を隼人君に向けているだろうか。

ふと隣を見ると藍那も頬を赤くしながら隼人君を見つめているし、きっと今の言葉に妊娠してしまいそうだとか考えているのだろう。

（藍那がそうであるなら……私はやっぱりこの人に屈服したい。私の持ってる全てを捧げて隷属したい……あぁ、あなたにならどれだけ酷い言葉を言われてもご褒美でしかないのに。きっと隼人君は演技であっても嫌そうに口にしそうだわ）

そんな光景が容易に想像出来た。

けれど、これほどに思うからこそ私も藍那も彼を逃がしたくない……どんな手を使ってもは言いすぎだけれど、絶対に繋ぎ止めたい。

だから絶対に――私たちは彼を愛したい、愛されたいのだ！

「ねえ隼人君、良かったら今日はうちで夕飯を食べていかない？」

「え？」

「そうね。もっとあなたと居たいわ……ダメ？」

「うぐっ……」

少しだけあざといと思ったが首を傾げて彼に問う。

隼人君は僅かに考えた後、私たちと一緒に居たい気持ちは同じだと言って頷いてくれるのだった。

「いらっしゃい隼人君」

「お邪魔します」

二人の提案に頷いた後、俺は新条家を訪れた。

その流れで今日の夕飯はこっちで食べていってほしいと言われ、咲奈さんにも是非にと強く言われてしまい俺は頷いた。

「隼人君」

「はい。何ですか？」

亜利沙と藍那が仲良く二人でシャワーを浴びに行って、咲奈さんと台所で二人っきりになった時のことだ。

何もしないというのは落ち着かなかったので、咲奈さんの隣に立って料理を手伝っていると、咲奈さんが俺を見つめて声を掛けてきた。

「何か、悩んでいませんか？」

「っ……」

疑問形での問いかけだが、咲奈さんは間違いなく俺が悩みを抱えていることに確信を持っている様子だった。

「……分かりますか？」

「分かりますよ。そしてそれはたぶん、娘たちに関することですよね？」

なんでそんなことまで分かるんだと俺は驚愕した。

料理の手を止め、咲奈さんは優しく俺の手を取ってソファまで誘導し、そのまま俺を座らせて彼女も隣に腰を下ろした。

「この状況で話してみてください、というのは少し意地が悪いでしょうか？」

「……いえ、そんなことはないです」

俺の悩みに気付いたということは、その内容が何であるかももしかしたら咲奈さんは気付いているのかもしれない。

けれど、俺は咲奈さんの全てを受け入れてくれそうな雰囲気に感化されるように、全てを話した。

「実は……」

俺は二人に惹かれ、二人の温もりとその想いを手放したくないと考えてしまっていること。

それが間違っていることも理解しているが、だからといってこの世界に定められた常識に従うのも嫌だということを……俺は二人のことが心の底から大好きで、ずっと二人と一緒にこれから先も歩いていきたいことを全て伝えた。

「なるほど、隼人君は本当に娘たちのことを大切に考えてくれているんですね」

「節操がないって思わないんですか？」

「思いませんよ。むしろ、喜ばしいと思っていますが」

「え？」

それはどういうことなんだろう。

咲奈さんは優しい眼差し（まなざし）で見つめながら、両の手を俺の頬に添えて包み込んだ。

「私にとってあの子たちは何よりも大切な宝物であり、大事な娘たちです。そんなあの子たちのことを隼人君がそんな風に真剣に考えてくれている。それを喜ばないわけがないじゃないですか」

「…………」

「あんな衝撃的な出会いだったのも大きいですね。あの子たちの心に隼人君という存在が強く刻まれた出来事でしたから……もちろん私もそうです」

そうして一際強く咲奈さんに引っ張られ、俺は彼女のあまりにも豊満すぎる胸元に顔を埋（うず）めることになった。

当然のように驚きと恥ずかしさで抜け出そうとしたものの、思いの外咲奈さんの力が強く逃れることが出来ない。

「私には隼人君の背中を押してあげることしか出来ませんが、どうかあの子たちのことをちゃんと見てほしいと思っています。隼人君だからこそ、私も母親として心から安心出来ますから」

「咲奈……さん」

不思議だ……さっきまでずっと悩んでいたのに、まるでトンと軽く背中を押されて進むべき道が見えたみたいだ。

「良い顔になりましたね。きっと私がこうして相談に乗らなくても隼人君は自分で前に進めたと思いますが」

「そんなことないですよ……その」

今から伝えようとしたことが少し恥ずかしいことだったせいで、俺はつい顔を赤くして下を向いてしまった。

「どうしましたか？」

「…………」

いや、別に伝えても問題はないかと俺は開き直った。

「その……咲奈さんの雰囲気というか、相談に乗ってくれた優しさに母さんを思い出してしまって、それでつい咲奈さんがお母さんみたいだなって思っちゃったんです」

あははと笑いながら伝えると咲奈さんは目を丸くして固まった。

どうしたのかと思っていると、いきなり咲奈さんが体をプルプル震わせたと思いきや大きく腕を広げ、そしてがばっと俺に抱き着いてきた。

「むぐっ!?」

思いっきり俺を胸に抱くような形なので、さっきと同じように恐ろしく柔らかなものが顔面を潰してきた。

「お母さん……お母さん！　良いんですよ隼人君！　私をお母さんと呼んでも！　むしろ呼んでくださいほらほら！」

「あ、あの……っ！」

背中をトントンと叩くと、興奮した様子の咲奈さんはすぐに落ち着いて離れてくれたが、先ほどのことは忘れてくれと言わんばかりに顔が真っ赤だ。

「ごめんなさい……つい嬉しくて母性の暴走が起きました」

母性の暴走って初めて聞いたけどな……。

咲奈さんが落ち着いた様子で離れてくれた時、俺はもう一つだけ咲奈さんに話しておきたいことがあった。

「咲奈さん、実はもう一つ聞いてほしいことがありまして」

「良いですよ。何でも言ってください――お母さんですからね！」

「あ、はい」

胸の前でギュッと握り拳を作る咲奈さんにちょっと引きつつ、俺は話し始めた。

「その……今日あった出来事にちょっと戻るんですけど」

「はい」

「その中で俺、二人に世の中の男は二人を悲しませるだけの存在じゃなくて、ちゃんと二人を見てくれる男が居るって伝えました。少なくとも俺はそうじゃない、俺は二人にそんな気持ちはさせないって言ったんですけど……その、実はちょっと気持ちを無理やり押し付けたんじゃないかって思ったんです」

あの時、二人は俺だから大丈夫だと笑ってくれたけど……少し思ったのだ。

そんな俺の言葉を聞いた咲奈さんはというと、あまりにも軽い様子でこう言った。

「押し付けてはないと思いますよ？　そもそも、亜利沙と藍那は何でもかんでも言われるだけの子たちじゃありません。あの子たちが笑顔で隼人君の言葉を受け入れたのであれば、それこそがあの子たちの本心です――だから大丈夫、隼人君の言葉はちゃんと伝わっていると思いますよ？」

「……そうですか」

何だろう、本人たちにそう確認したわけではないのに凄く安心出来た。

ホッと息を吐いた後、俺は咲奈さんとキスが出来るほどに距離が近いことを思い出してすぐさま離れた。

咲奈さんもそれを理解したようで、瞬時に頬が赤く染まった。

俺はその様子を見て本当に可愛らしい人だなと、大人の女性に対して思うのは少し違うかもしれないがそう思うのだった。

そんなやり取りをしていたらようやくここで亜利沙と藍那が風呂から戻ってきた。

俺と咲奈さんの様子に目ざとく気付いたようで、二人ともどうしたのかと風呂上がりの色っぽさを感じさせるように近づいてきた。

「ただいま……って何してるの？」

「お母さん顔が真っ赤だけど？」

「何でもないわ！　さてと、それじゃあお夕飯作りを再開しないと！」

そそくさと台所に戻った咲奈さんと入れ替わるように亜利沙と藍那が隣に座る。

ほとんどゼロ距離に彼女たちが座ったことで、湯上がりの良い香りが鼻孔に届いて気分がフワフワしてくる。

（……色っぽいな二人とも。分かってたことだけど）

しっかりと髪などは乾かしているのだが、普段は決して見ることのないパジャマ姿が新鮮でありながら色っぽかった。

二人とも前でボタンを留めるタイプのパジャマなのだが、スタイルが良すぎるせいかその大きな膨らみが苦しそうにパジャマの内側に閉じ込められており、それだけでも目の毒で俺は視線を逸らしてしまう。

「亜利沙、藍那も続きをお願いできるかしら。私も先にお風呂を済ませるから」

「分かったわ」

「は～い」

咲奈さんがリビングから出ていき、傍に居た二人が台所に立った。

俺としてはあれ以上ドキドキが続いたらどうなるか分からなかったので助かったけど、こうなってくると俺も手伝いたいと思って立ち上がった。

「隼人君はゆっくりしてて？」

「そうだよ。お客様なんだから」

「あ、はい」

ここからは私たちの出番だと彼女たちの目を見て伝わってきたため、俺は素直にソファに腰を下ろした。

そうして落ち着かない気分の中、時間は過ぎていき咲奈さんが戻ってきた。

流石は二人の親だなと思わせるほどに、風呂上がりの咲奈さんはこう言ってはなんだが二人の比にならないほどの妖艶さを俺は感じてしまった。

「隼人君、出来たわよ」

「どうぞどうぞ！」

「ちょっとおかずが増えてしまったけれど、遠慮なく食べてくださいね？」

「……おぉ！」

四人で囲むテーブルの上には多くの料理が並んでいる。

「……こんな料理風景は久しぶりだなぁ……っ」

いかんいかん、これでは以前にカレーを食べた時と同じことになってしまう。

気分を変えるように一つ咳払いをした後、俺は彼女たちが作ってくれた料理に手を付け、そして気付けばお腹がいっぱいになるほどに箸を進めていた。

「……美味い、本当に美味いよ」

「ありがとう。そう言ってくれて嬉しいわ」

「えへへ、やったね♪」

「ふふっ」

その後、流石に食器を洗うくらいはさせてくれと俺は頼み込んだ。

亜利沙と藍那はやっぱり断ってきたけど、俺は何とか粘って皿洗いという仕事を勝ち取ることが出来た。

「……良いわねぇ、久しぶりに賑やかな我が家だわ」

そんな俺たちを咲奈さんはずっとニコニコしながら見守っており、そう思ってくれたことも俺としては嬉しかったのだ。

さて、夕飯を食べ終え今日のことに関しての感謝は伝えた――しかし、俺にはまだ亜利沙と藍那との話が残っている。

「隼人君、頑張ってください」

「はい」

俺の肩に手を置いて咲奈さんはそう言い、トンと俺を押した。

俺たちのやり取りに二人は首を傾げていたのだが、俺は彼女たちにもう少しだけ時間をくれと頼み、そして俺は亜利沙の部屋を訪れていた。

「私の部屋に隼人君が居るなんてね。不思議な気分だわ」

「あたしの部屋でも良かったんだけどねぇ」

ちなみに、どちらの部屋に行くかで壮絶なジャンケン対決が行われた。

亜利沙の部屋は綺麗に片付いていた。女の子なら持っていそうな人形のような類いは一切置かれておらず、家具などは全て白色で統一されており清潔感がある……なんというか亜利沙の雰囲気に似合った部屋だった。

「取り敢えず座布団を置いて……はい隼人君」

「ありがとう」

床に置かれた丸テーブルを囲むように俺たちは座るのだが、まるでどんな話をするのか分かっているかのように二人は俺を見つめるように対面に腰を下ろす。

「亜利沙、藍那もありがとう。夜だってのにこうしてまだ付き合ってくれて、俺の我儘を聞いてくれて」

「そんなことないわ。むしろもう少し隼人君と一緒に居られるのよ？　これ以上に嬉しいことはないわ」

「姉さんの言う通りだよ。本当なら泊まってほしいくらいだもん。ここならあたしたちが居る。傍に居るからね」

本当に参ったものだと俺は苦笑した。

彼女たちから返ってくる言葉の全てが俺の心を包み込み、彼女たちの優しさと温もりに溺れろと語り掛けてくる。

（……声や雰囲気に何か魔力でも込められてるんじゃないのか？）

なんてことを思うほどに、彼女たちの存在は麻薬に近い何かを秘めている。

しかし、そのことに心地よさを感じているのももちろん確かで、だからこそ俺は彼女たちと話をするこの時間を設けてもらったんだ。

「俺は――」

早速俺から話そうとした時、ちょっと待ってと亜利沙が口を挟んだ。

亜利沙は藍那と共に頷き合い、まずは私たちの話を聞いてと前置きしてこう言葉を続けるのだった。

「隼人君が好きよ。これから先、一生あなたを支えたいわ」

「あたしも隼人君が好きだよ。隼人君の子供を産みたいくらい大好きなの」

「……えっと」

好きだと、そう伝えられて心臓が大きく跳ねた。

だがその後に続いた藍那の子供を産みたい発言に全てを持っていかれた気がしないでもないが、その本気さは伝わってきた。

そして間髪いれずに言葉は続く。

「まず大前提に、私は隼人君のことが好きだわ。どうしようもないほどに、あなたを支えることを生きる目的だと見定めたくらいにはあなたを愛してる。あなたに必要ないと言われたらひっそりと死んでしまうかもしれない、それくらいに想っているわ」

「あたしももう一度言うけど隼人君のことが好きだよ。あたしの全てを捧げたい、隼人君の子供を産んで幸せな家庭を築きたい、とにかく隼人君に愛されたい……そうずっと思っているほどに隼人君のことが大好き」

二人の言葉には強い想いが込められていた。

ただ俺としては伝えられた言葉の全てにインパクトがありすぎたせいで、少しばかりポカンとしてしまった。

そんな俺を見て二人は苦笑して立ち上がり、俺を挟むように身を寄せてきた。

そしてまず亜利沙が俺の手を握って更に言葉を続ける。

「あの時、全てを諦めた私たちの前にあなたは現れた。もしかしたらあの出来事が私たちを縛っている……とでも思っているんじゃない？」

「…………」

それは図星だった。

「正直なことを言えばそれも間違いではないかもしれない。私も藍那も、母さんだってあの時の出来事が脳裏に焼き付いて離れない。救ってくれたあなたに溢れて止まらない恋をしたのだから」

亜利沙の言葉を引き継ぐように藍那も口を開く。

「そうだよね。あの時からあたしたちは隼人君に恋をして、どうしようもないほどに隼人君を求めたんだ。隼人君が欲しい、隼人君に愛されたい……隼人君の子供を孕みたいって大変だったんだからね？」

「だからどうして藍那の言葉はそんなに強烈なんだ!?」

「えぇ？　普通だよぉ♪」

普通……普通？　いやいや、そんなことあるわけないだろ！

本当に藍那の言葉一つ一つに心が掻き乱されるほどだが、逆に今となっては彼女の普通ではない言葉が俺をリラックスさせた。

（……亜利沙の支えたいという言葉、藍那の子供を産みたいという言葉……それがまさかこう繋がってくるなんてな。初めて聞いた当時は全く思いもしなかった）

あなたはいつも突然なのよと亜利沙は苦笑し、更に強く俺の手を握りしめる。

「隼人君が前にここに来た時、家族のことを話してくれたでしょう？　私たちを助けてくれた救世主、そんなあなたが実は心に深い悲しみを背負っていることを知った。だから私たちがその悲しみを埋めて、同時に私たちがあなたに向ける愛に溺れてほしいと思ったの」

「そうすれば隼人君は絶対にあたしたちのもとから離れていかない。むしろあたしたちを心から求めてくれるっていう確信があった。どうかな？　隼人君もあたしたちから離れたくなくなってるんじゃない？」

「……あぁ」

俺は二人の言葉に頷く。

俺たちの出会いは決して普通ではなかったが、だからこそこんな現状になっているのだと俺は思う。

彼女たちの雰囲気、彼女たちの温もり……その全てから俺は離れたくなかった。

彼女たちが向けてくれる全てのものに俺は浸っていたくなったんだ。

「俺は……一人になりたくない」

「えぇ。分かってるわ」

「うん。分かってるよ」

二人が俺を包むように抱き着いた。

温かい……温かくてずっと浸っていたい、まるで愛という名の沼に思えるが足だけでなく腰までも、首までも、全てが呑み込まれてしまっても構わないとさえ俺は思ったんだ。

「……いや、それじゃダメだ」

「え？」

「隼人君？」

そう、それではダメなんだ。

俺が彼女たちを助けたことが始まりであったとしても、彼女たちに与えられるだけではダメなのだ。

そんな関係は対等ではない、だから俺はこう言葉を続けた。

「ずっと与えられるだけじゃダメだ。二人に尽くしてもらうだけなのは俺が我慢出来ない。だから俺も二人に何かを与えたい、何かをしてあげたい」

きっと二人はそんなことは必要ないと言うはずだ。

しかし、何度も言うがそれではダメだ――たとえ二人が俺を愛という名の沼に沈めようとしていても、ただ俺が傍に居ることだけを望んでくれたとしても！

「外で亜利沙と藍那に言った通り、俺は絶対に君たちを悲しませたりはしない。二人が俺を好きだと言ってくれたことを後悔させないように、俺も二人に頼られる立派な男になるから」

「っ!?」

「……あぁ♪」

　ガシッと、力加減はしたが彼女たちの肩に手を置いた。

　亜利沙と藍那も真っ直ぐに見つめ返してくれるので、その瞳が俺に最後の後押しをしてくれた。

「俺も二人を支えたい、二人のことを守っていきたい……与えられるだけじゃダメなんだ。だからこそ、俺も自分に出来る範囲で君たちを思い遣りたい」

　だから、俺は君たちのことが――。

「好きだ。亜利沙、藍那――」

「隼人君！」

「隼人くぅん!!」

「え!?　おわっ!?」

　好きだと、そう言えたことに達成感を覚える暇もなく強く押し倒され……ることはなく何とか二人の体重を支えて耐えることが出来た。

　俺は二人に抱きしめられ、齎される柔らかさと温もりに夢のような一時だなと思いつつも、こう最後に伝えるのだった。

「……ずっと傍に居てほしい……離れないでほしい」

「えぇ。ずっと傍に居るわ」

「うん。ずっと傍に居るよ」

「そして俺も君たちを支えていく。大好きだよ――亜利沙、藍那」

「……これ、ヤバいわね」

「うん……お腹(なか)の奥がきゅんきゅんしちゃう♪」

そうして更に強く抱きしめられた。

たぶんだけど、俺はもうこの温もりから抜け出すことは出来ないんだろう。

離れてほしくなくて、無意識にずっとこの温もりに手を伸ばし続けて、そして俺は彼女たちを捕まえ、同時に捕まえられた。

（この感覚、幸せだなぁ）

完全に溺れてしまった。

二度と抜け出すことが出来ないほどの深い彼女たちの愛に、俺は溺れることを選んだんだ。

「……ねえ隼人君」

「うん？」

「私と藍那は自分で分かっていたわ。この好意が普通とは違っていて、少しばかりの仄暗さがあることを」

「なんというか……病的なまでに愛しちゃったの、隼人君のことを。だからね？」

両頰にチュッとリップ音を立てるようにキスをされ、二人は俺を見つめながら満面の笑みを浮かべるのだった。

「これからあなたにたくさんご奉仕するわね♪」

「これからたくさん、子供を作ろうね！」

「おう！　……うん？」

ちょっと待って、勢いでつい頷いてしまったけど流石にそれはマズいのでは？

「藍那、あなたの願いは分かるけどまだ高校生なんだから……しばらくは我慢をすることね」

「え〜そんなぁ！」

なんてちょっと危ないやり取りがあったが、俺は最後に大事なことを確認したい気持ちもあったのでこう聞いた。

「その……俺は二人を選ぶっていう形になったけど、二人はそれで良いのか？」

「え？　それの何がいけないことなのかしら」

「何か悪いこと……かな？」

どうやら何も不安に思うことはなさそうだ。

拝啓、父さん母さん。

俺は今日、人生で二度目の彼女が出来ました。

▼▽

その日の夜、亜利沙と藍那はベランダで空を見上げていた。

強盗に襲われたことが原因で出会った男の子、隼人と分かり切っていたことではあるが気持ちが通じ合って結ばれたのがさっきのこと……既に彼は家に帰ってしまったのだが、それでも興奮して素直に眠れなかった。

「藍那、これでようやく私は隼人君にご奉仕出来るのね」

「そうだねぇ。それにあたしも……ふへ♪」

頬に手を当てて熱い吐息を零す亜利沙はともかく、藍那は隼人とのことを想像してそれはもう他人には見せられない顔になっていた。

しかし、藍那も藍那で亜利沙に想う部分があったようだ。

「姉さんもさぁ、隼人君に尽くしたいって気持ちは分かるけど奴隷になりたいとか、それは心の中だけに留めておいてよ？」

「分かってるわよ。流石に本人にそれを言うのは……でも」

「でも？」

「あなたの奴隷になりたい、それって素敵な言葉じゃないかしら」

「……そうなの？」

「藍那が言った子供を産みたいって言葉と同じようなものでしょうに」

「えぇ？」

お互いに隼人に対する想いは強く、しかしながら求めるものは似ているようで違う。

亜利沙はとにかく隼人に隷属したい、そして藍那は子供が産みたい。

それはそれぞれの愛が成した形ではあるのだが、幸いなのはその愛の重さを彼女たちも理解していることだ。

「でも、重たい愛でも想い方次第だよね。あたしたちは別に隼人君を束縛したいとは思ってないし、ただありのままにあたしたちの愛を受け入れてほしいだけなんだから」

「そうね。でもこれはまだスタートラインに立っただけ……私たちを選んでくれたことを後悔させないように、しっかりと彼を支えていきましょう藍那」

「うん！」

亜利沙の言葉に藍那が頷くと、その瞬間を見計らうように風が吹き抜けた。

彼女たちの髪を揺らす程度の風ではあったのだが、既に十二月ということで夜はかなり冷え込んでいる。

「さむっ！　姉さんの部屋行くぅ！」

「なんでよ……まあ良いわ。いらっしゃいな」

許可する前に彼女は亜利沙の部屋に飛び込んだが、そこも亜利沙にとっては隼人のことではしゃぐ可愛い妹にしか見えない。

いつかのようにベッドに隣り合うように腰を下ろすと、藍那が思い出すように柔らかな笑みを浮かべて口を開いた。

「でもまさか、隼人君にあんなことを言われるなんて思わなかったね？」

「そうね……思い出すだけでドキドキしちゃうわ」

与えられるだけではダメだと、そう言って自らの決意を言葉にした隼人に二人は完全に心を撃ち抜かれてしまった。

ただでさえその言葉が嬉しかったのだが、それと同時に外で見せた彼の行動もまた彼女たちにとっては深く脳裏に刻まれた。

「あの子のお父さんにはガッカリしたし、やっぱりって気持ちもあったわ。でも同じ男だからといって隼人君を嫌ったりすることはないのに……それでも必死な様子で伝えてくれた言葉が嬉しかった」

「そうだねぇ。実を言うとさ、ちょっとテンパってる隼人君を可愛いなぁって見てたんだよあたし。でも途中から愛おしさが爆発しそうになって、あの時ずっと隼人君に抱き着きたくてウズウズしてたもん」

言葉が纏まらなくても、必死に気持ちを伝えようとしていた隼人の様子は二人にとって本当に愛おしく感じられた。

亜利沙が口にしたようにあの父親には心底ガッカリしたものの、あの出来事があったからこそ隼人の抱く嘘偽りのない言葉と気持ちを引き出せたとしたなら、あの邂逅も悪いことばかりではないと思えた。

「隼人君にも言ったけど、確かに私たちはあの出来事があって隼人君のことが気になって好きになった。でもそれは決して一過性のモノじゃなくて、隼人君の色んな部分を知ってこの気持ちは嘘じゃないって分かったわ」

「だね。寂しい部分を見てその隙間を埋めてあげたいって思ったのも確かだけど、隼人君の人柄にあたしたちは本気で惹かれたんだ。本当に好きになって良かった……何も間違ってなかったんだ♪」

吊り橋効果やその場の勢い、衝撃的な体験もあって決して普通ではなかった。

それでも抱いた想いに偽りはなく、想いは実って隼人と深い関係になれたのは疑いようもない現実だ。

「藍那、明日からたくさん隼人君を愛しましょう」

「そうだね。もちろん一方的なものじゃなくて、あたしたちも愛されるの」

「ええ♪」

「えへへ♪」

純粋で愛らしい二人の笑顔は万人を魅了するほど……しかし忘れてはならないのがこの二人、この美しい微笑みの下で普通とは違う重い気持ちを抱いているのである。

「隼人君、今まで以上にあなたに尽くすわ」

「隼人君、もっともっと深く愛し合えるね。そして……きゃっ♪」

隼人には間違いなく幸せが待っているはず、しかし同時に彼女たちとの間に大変なことがあるのも確かだろう。

エピローグ

「隼人（はやと）」

「……え？」

それは唐突だった。

聞き覚えのある声が聞こえたと思い振り返ると、そこに居たのは忘れようもない母さんの姿があった。

「かあ……さん？」

「ええ。久しぶりね隼人」

どうして母さんがここに……そう思ったけど、俺はこれが夢なのだとすぐに理解した……否（いや）、この場合はしてしまったが正しいな。

病気で亡くなる前と何も変わらないその姿に、俺は既に高校生だということを忘れたかのように飛びついた。

otokogirai na bijin shimai wo namae mo tsugezuni tasuketara ittaidounaru

「あらあら、甘えん坊ね隼人は」

「うるさい……勝手に居なくなったくせに」

「……ごめんなさい」

違う、そんなことを言いたいんじゃないんだ俺は。

これが現実ではなく、仮初の再会であったとしても、久しぶりに母さんに会えたのだからこんな恨み節を吐くよりも、もっと伝えることがあるだろう隼人！

「いや、俺の方がごめんなさいだよ母さん。もっと伝えたいことあるのにさ」

「隼人……ふふっ、本当に立派になったのね」

「母さんと父さんが居なくなってから、祖父ちゃんたちの手助けもあったけど、ずっと一人で生きてきたからな。そりゃ立派にもならないとダメだろ」

「それもそうね。うん、やっぱりあなたは強い子よ」

強くなんかない……今にも泣き出しそうなんだから。

俺は必死に涙を堪え、母さんを見据えて真っ直ぐに伝えた。

「確かに寂しいことはあるよ。けど、楽しいこともたくさんある。友達にも恵まれて、祖父ちゃんたちにも思い遣られて……それに——」

「大切な人たちが出来たんでしょ？」

「……うん。自分でも驚きだけど……支えたいけど溺れたい、そんなことを思ってしまう人たちが出来た」

「良い子たちじゃないの。少し親近感を覚えてしまうわね」

「……うん？」

「うふふ♪」

それは……うん、聞かないでおこう。

母さんと久しぶりの邂逅は意外と短く、そろそろ目が覚めるんだろうなと俺に思わせた。

「そろそろかしらね」

「…………」

まだ……まだもう少し話をしたいと声を大にして言いたい。

でもそれだと母さんを困らせてしまうからこそ、俺がしないといけないのは母さんを安心させることだ。

「母さん……俺、頑張るから。だから安心して父さんと一緒に見守っててくれ」

「……隼人。ええ、分かったわ」

「つうかなんで父さんは居ないわけ？　母さんだけとか冷たいよなぁ」

「本当にねぇ。何やってるのかしらあの人は」

さて、もうお別れだ。

たぶんだけどこのような偶然が起こしてくれる奇跡はこれからもあるだろうし、母さんとの邂逅がこれで最後ということはないだろう。

だからまた、会えることを信じて今は笑顔で別れるんだ。

「それじゃあ母さん、俺は行くよ」

「ええ。隼人！」

「うん？」

「愛しているわ。あなたが私たちの息子として生まれてきてくれて、本当に嬉しかった……幸せだった！」

「……っ！」

最後にそんな涙を誘うようなことを言うんじゃねえよ、そう大きな声を出そうとしたところで俺は目を覚ますのだった。

▼▽

「母さん!!」

「わわっ!?」

「……え？」

俺は無意識に目の前の存在を抱きしめていた。

聞こえるはずのない声に驚きはしたが、こうして抱きしめている存在の感触があまりにも気持ち良く、俺は抱きしめる力を強くしながらその弾力に顔を埋めていく。

「これは……いいなぁ。ずっとこうして居たい」

恐ろしいほどに柔らかく、そして温かく良い匂いもして俺は離れられなかった。

だが、しばらくこうしていると段々と脳が覚醒して、自分の現状にも思考が追い付いてきた。

「これは……おっぱいか？」

「あはは、隼人君ったら大胆だねぇ♪」

「っ⁉」

冷静におっぱいだと口にした瞬間、楽しそうな女子の声が鼓膜を震わせた。

俺はすぐに離れようとしたのだが、目の前の存在はそれを許さないとばかりにガッシリと俺の頭をその豊満な胸元に抱え込む。

「あ、藍那？」

「うん。おはよう隼人君♪」

これはある意味で幸せな朝の目覚めとも言えるか……って、そんなことがあるかと俺は今必死にあることを誤魔化そうとしていた。

（マズイ……朝の生理現象がっ!!）

今の俺と藍那の体勢を詳しく説明するとだ。

まず、ベッドで寝ている俺に藍那が馬乗りの形に座っており、更に上体を倒して思いっきりその体を俺に押し付けている状態だ……そしてその彼女の腰の位置がとにかくマズイ！　マズすぎる!!

「あ、藍那さん？　ちょっと離れていただけると……」

「あん♪　もう隼人君？　おっぱいの中でそんなに喋るとくすぐったいよぉ。でも全然、あたしは嫌じゃなくて嬉しいんだけどね♪」

それは嬉しいけどそうじゃないんだよ！

俺を抱きしめたままいやんいやんと嬉しそうに体を揺らす藍那だけど、そうすればするほど彼女の腰も小刻みに動いて俺の元気になってしまっている息子を刺激してしまう。

「……あれ？」

「あ……」

藍那が何かに気付いたように片方の手を背後に回した。

まるで何が触れているのだろうと確かめるようなその様子に、俺は段々と血の気が引いていく気分だった――そして、その時が訪れてしまった。

「……あ、そういうこと？　ふふっ、隼人君ったらエッチなんだぁ♪」

「……ぐおおおおおっ」

俺のズボンの上から藍那が積極的とは言わずとも、優しく触れてきて変な気分にさせられる。

そこでようやく藍那は俺の頭を胸元から解放してくれたが、馬乗りの状態は解いてくれない。

「ねえ隼人君」

藍那はジッと俺を見つめ、ペロッと舌を出してこんなことを口にした。

「あたしたち、もう恋人同士だよね？　だから良いんだよ、エッチなこととかなんだってしてあげる。というかしない？」

俺はすぐにシャキッとして藍那を優しく退かすのだった。

藍那は不満そうにしたものの、あのまま流れに身を任せてたら大変なことになっていたのは言うまでもない。

よくぞ耐えた俺と、そう自分を褒めつつ改めて藍那と向き合った。

「……おはよう藍那」

「うん♪　おはよう隼人君！」

俺が抱き着いてしまった拍子に少し制服が乱れてしまったようだが、藍那はそれを全く気にすることなく直していく。

しかし、すぐに彼女は心配そうな表情を浮かべた。

「隼人君、何か夢でも見たの？　お母さんって言ってたから」

「……あ～」

不安そうな藍那の表情から心配してくれているのは明白だけど、幸い悲しい夢とかではなかったので、俺は大したことじゃないと笑った。

「悲しかったり寂しかったりした夢じゃないよ。夢とはいえ……久しぶりに母さんに会えたんだ。二人のことを伝えたら笑ってたよ」

「……えへへ、そっか」

笑ってくれた藍那に安心し、俺はベッドから出てリビングに向かう。

扉を開けると美味しそうな朝食の香りが俺を出迎え、エプロン姿の亜利沙が待ってましたと言わんばかりに作業の手を止めて駆け寄ってきた。

「おはよう隼人君」

「おはよう亜利沙」

朝から麗しき二人の美少女に出会うという奇跡のような一日の始まりだが、別にここは彼女たちの家というわけではなく俺の家で、どうして二人が朝からここに居るのかということになるが単純なことだ。

「なんかさ、もう朝起きて二人が居ることに慣れそうだよ俺は」

「あははっ♪　慣れてもらわないと困るよ。だってこれからずっとなんだし」

「そうよ隼人君。これからもっと、私たちは一緒なんだから」

二人はそれぞれそう言ってこの家の合鍵を取り出した。

藍那に関しては何故か胸の谷間から鍵が出てきたが取り敢えずスルーしておくとして

……こうして彼女たちと新たな関係になったことでこの家の合鍵を渡していた。

これで彼女たちはいつだって家に入ることが出来るし、何より俺自身がそのことを嬉しいと思っている。

「朝から私たちが居てくれる、ご飯の良い香りが出迎えてくれる……そんなことを嬉しそうに言われてしまったら私たちも頑張ってしまうわ。ねえ隼人君、私はあなたの役に立ててるかしら」

役に立てているのか、そう問いかけた亜利沙は俺の言葉を待っている。

まるで飼い主に従順な子犬のように尻尾(しっぽ)をフリフリとしているような、そんな雰囲気さえ俺に感じさせた。

「……まあその……うん」

「あぁ……幸せよ隼人君♪」

大切な彼女を役に立つかどうかなんて観点で語りたくはない、しかし……亜利沙はとにかく俺の役に立ちたいという気持ちが強いのか、よくこうして聞いてくる。

（……そのことに困惑しつつも、それ以上に何だろうか……彼女たちと一緒に居る空間があまりにも甘々としすぎているんだ）

そんなことを亜利沙を見つめながら考えていると、ドンと音を立てて背後から藍那が抱き着いてきた。

「ほら隼人君、早く朝ご飯食べよ？　学校に遅れちゃう」

「分かった……って離れないの？」

「……う～ん、もう少しこうしていたい」

背中に張り付いたまま藍那は離れなくなった。

くんかくんかと匂いを嗅がれているような気がするが、藍那はよくこうやって引っ付いてくることが多い。

なんというか、とにかく藍那はボディタッチが多くその豊満な体の感触を常に伝えてくる子だ。

「隼人君……素敵ぃ……はぁ♪」

「…………」

悩ましげな彼女の声にドキッとしてしまう。

とはいえ、流石に朝食を済ませて学校に向かわないといけないため、藍那はすぐに離れてくれた。

その後、彼女たちが作ってくれた朝食をご馳走になり、準備を済ませて家を出ようとしたところで藍那がトイレに向かい、俺と亜利沙はしばらく待つことに。

「隼人君」

「うん？」

「今日もあれを言ってくれない？」

「……あ～」

今日もあれを言ってほしい、それを聞いて俺は頭を掻いた。

ジッと俺を見つめながら言葉を待つ彼女に根負けする形で、俺は自信なさげではあったがこう言葉を続けた。

「今日もありがとう亜利沙。流石、俺だけの女だ」

「っ……あぁ♪」

俺の言葉に亜利沙が嬉しそうに体をモジモジとさせた。

最初は俺のモノだと言ってほしい、そう提案されたが流石に冗談でも亜利沙のことをモノだと言いたくはなかったのでこうなったわけだが……なんとも亜利沙はご満悦のようである。

「……亜利沙」

「え？　っ……ぅん」

そんな可愛い仕草をする彼女を見たらキスをしたくなった。

さっきの藍那とのことで少しムラムラというか、気分が高揚したのを引きずっているからだろうか。

「……ふぅ」

「ふふっ、朝から情熱的ね隼人君」

突然のキスだったが亜利沙は決して拒みはせず、もっとしようと逆に提案してくるほどだった。

その提案に乗って続けてキスをしてる、ちょうどその時に藍那が戻ってきて目撃されてしまい、彼女ともキスをしてから家を出ることになった。

「幸せだな……本当に」

彼女たちと同じ景色の中を歩きながら、俺は小さく呟いた。

二人の愛に溺れ、二人を支えると誓ったあの日から数日が経過し、既に学期末の期末テストは終わった。

二人との勉強会の甲斐あってまだ結果は出ていないものの手応えはあり、高校生初めての冬休みは気持ち良く迎えられそうだった。

（……冬休み……か）

冬休み、そして正月と夏休みほどではないが長い休みが続くけど、その間はあまり彼女たちと会うことは出来ないのかな？　そう思うとちょっと寂しいけれど、流石に毎日会いたいなんて我儘も言えないしな。

「うん？」

学校に向かう途中、向こうから凄い勢いで走ってくる自転車があった。

その自転車が走る側には亜利沙が居たので、俺は半ば無意識に亜利沙の腕を優しく掴んでこちら側に抱き寄せる。

驚いた様子の亜利沙だったけど、すぐに自転車が原因だと分かって納得したような表情になったが、それでもこうしているのが嬉しいのかクスッと笑みを浮かべた。

「こういうところなのよね。ねえ藍那？」

「そうだねぇ」

いやだから普通だって、そう思うんだけどな俺は。

それから学校が近づくと二人は俺から離れ先に行き、俺もその後を追うように学校へと向かう。

俺たちは新しい関係になったとはいえ、学校での距離感は以前のままだ。

俺も亜利沙も藍那も、三人同時に付き合うというのは世間からすれば明らかにおかしいことだというのは理解している――だからこそ、俺たちはこの秘密の関係を決して表に出すことはない。

「……でも、本当に溶かされてしまいそうなんだよなぁ」

学校では確かに他人として過ごすとはいっても、その反動は放課後になると一気に押し寄せてくる。

最近では学校が終わると彼女たちの家に行くことも増え、玄関を潜るとそれはもう世界が変わるかのように二人が俺の恋人として接してくるのだから。

「ふふっ、良い光景ですね♪」

学校が終わって新条家を訪れると、今日は咲奈さんも仕事が早く終わったようで家に居たのだが、挨拶を交わしてすぐに亜利沙と藍那は俺の腕を抱くようにして抱き着いてきた。

「……慣れてきたとはいってもやっぱり恥ずかしいですねこれは」

二人の母親にジッと見つめられながらイチャイチャすることの恥ずかしさったらないのだが、それでもそんな俺たちを咲奈さんはずっとニコニコして見つめている。

ちなみに、亜利沙と藍那の二人がこんな風に甘い時間を提供してくれるのはもちろんなのだが、咲奈さんもふとした時に大人の包容力を発揮するようにして俺に接してくることも増え、俺はそっち方面でも結構タジタジにされてしまうこともある。

「……まあでも幸せなんだよな凄く」

そう、俺は心から幸せだと言える。

確かに家族のことを思い出して寂しくなることはあるものの、暗い気持ちになって下を向く暇がないほどに俺は彼女たちから温もりを与えてもらっていた。

「ありがとう亜利沙、藍那。俺は凄く幸せだ……だからこそ俺も二人を支えていく。これから末永くよろしくな？」

なんてことを言うと、二人は力強く頷いてくれた。

「えぇ！」

「もちろんだよ！」

幸せなことだけではなく、大変なこともきっと多いはずだ。

それでも何があっても大丈夫だと、どんなことでも乗り越えてみせると俺は強く心に誓った。

「ところで隼人君」

「うん？」

「冬休みとかあまり会えなくて寂しい！　とか朝に思ってなかった？」

「なんで分かるの？」

「分かるよぉ♪　隼人君のことなら何だって分かる……大丈夫だよ。あたしと姉さんで色々と考えているから」

「亜利沙も？」

亜利沙に視線を向けると彼女は頷いた。

「えぇ、冬の寒さを吹き飛ばすほどに……それこそ寂しいなんて一時も思えない時間を隼人君に提供してみせるわ」

その声には大きな思いが込められており、少しばかり怖いなと思ったのは秘密だ。

俺はさっき大変なことがあっても、なんてことを思ったけれど……もしかしたら彼女たちと過ごす中でもしっかり気は張っておく方が良いのかもしれない。

「隼人君、好きよ」

「好きだよ、隼人君」

そうしないと……。

（……本当にダメ人間にされてしまいそうだ）

なんて、贅沢(ぜいたく)な不安を俺は冬休みを前に……そして、彼女たちという大切な存在の温もりを肌に感じながら考えるのだった。

あとがき

初めましての方は初めまして、そうでない方も自己紹介をさせていただきます。

みょんです——特に名前に意味はありません。

敢えて言うなら適当に付けた名前なので、本当に意味はないんです（笑）。

ちょうど一月前にも作品を一つ、同じスニーカー文庫様より出させていただいたのですが、こうしてこちらの美人姉妹に関しても同じレーベルからということに運命のようなものを感じております。

元々こちらの作品はカクヨムコンのコミック賞を受賞していたのですが、そのやり取りの中で是非小説という形でも出してみませんかと提案をいただき、それに頷く形でこのような機会をいただけました。

書籍化の作業は一つでも自分にとっては大変なものだと認識しており、それが二つになった時は正直どうしようかと……大丈夫かなと不安になっていました。

これはもう一つの作品のあとがきでも書いたのですが、私は本当に素晴らしい編集の方に恵まれたと思っています。

不安なことがあってもすぐに相談に乗ってくれて、作品における指摘を的確にしていただき、担当してくださるイラストレーターさんにしっかりとキャラクターのことを伝えて、完成したイラストを見て一緒に喜んだこと……数えきれないほどの体験をしたように思えます。

自分一人では決して完成させることが出来なかったこの作品は、間違いなく編集さんと二人三脚で作り上げることが出来たと思っています。

一人で全てを完結出来る書き手というのがかっこいいのかもしれないのですが、少なくとも自分にはそれが難しいということが改めて分かり、だからこそ緻密に内容を練りながら意見をもらうことで完成に近づけることが出来る……それを知れたのが本当に大きかったと思います。

さて、堅い話はここまで。

みなさん、今作のメインヒロインである亜利沙（ありさ）と藍那（あいな）はいかがでしたでしょうか。

とても可愛（かわい）く、エッチに、それでいて溺れたい愛を与えてくれるヤンデレに仕上がったと満足しています。

可愛いだけでなくエッチに、エッチだけでなく可愛く……そんな部分に気を付けながらというと少し語弊がありますが、こういう子なら私だけでなく読んでくださったみなさんも好きになってくれるかも、そう考えながら二人を書かせていただきました。

そして今作、美人姉妹のイラストを担当してくださいました、ぎうにうさんにも本当にお世話になりました。

カバーイラストの塗り配信もしてくださり、その中で少しお話をする機会がありましたがとても楽しくお話をさせていただいただけでなく、配信の中で作品の宣伝もしてくださいましたことを本当に心から感謝しております。

最後になりましたが、この度はこちらの美人姉妹を手に取っていただきありがとうございました。

もし続きが読みたいと思っていただけましたら、それをSNS等で呟いていただけるだけでも嬉しく思いますのでよろしくお願いします（笑）。

そして叶うならばこの先のストーリー……それこそ亜利沙と藍那とのラブラブな日常や、そこに加わるかどうかはさておき、咲奈さんとの日常も書いていけたらなと思います……書きたいなぁ、書かせてくださいお願いします！

ということで、この度は本当にありがとうございました！

男嫌いな美人姉妹を名前も告げずに助けたら一体どうなる？

著　みょん

角川スニーカー文庫　23570

2023年３月１日　初版発行

発行者　山下直久

発　行　株式会社KADOKAWA
〒102-8177 東京都千代田区富士見2-13-3
電話　0570-002-301（ナビダイヤル）

印刷所　株式会社暁印刷
製本所　本間製本株式会社

◇◇◇

●お問い合わせ
https://www.kadokawa.co.jp/（「お問い合わせ」へお進みください）
※内容によっては、お答えできない場合があります。
※サポートは日本国内のみとさせていただきます。
※Japanese text only

Printed in Japan　ISBN 978-4-04-113455-9　C0193

★ご意見、ご感想をお送りください★
〒102-8177 東京都千代田区富士見 2-13-3
株式会社KADOKAWA　角川スニーカー文庫編集部気付
「みょん」先生「ぎうにう」先生

角川文庫発刊に際して

角川源義

第二次世界大戦の敗北は、軍事力の敗北であった以上に、私たちの若い文化力の敗退であった。私たちの文化が戦争に対して如何に無力であり、単なるあだ花に過ぎなかったかを、私たちは身を以て体験し痛感した。西洋近代文化の摂取にとって、明治以後八十年の歳月は決して短かすぎたとは言えない。にもかかわらず、近代文化の伝統を確立し、自由な批判と柔軟な良識に富む文化層として自らを形成することに私たちは失敗して来た。そしてこれは、各層への文化の普及滲透を任務とする出版人の責任でもあった。

一九四五年以来、私たちは再び振出しに戻り、第一歩から踏み出すことを余儀なくされた。これは大きな不幸ではあるが、反面、これまでの混沌・未熟・歪曲の中にあった我が国の文化に秩序と確たる基礎を齎らすためには絶好の機会でもある。角川書店は、このような祖国の文化的危機にあたり、微力をも顧みず再建の礎石たるべき抱負と決意とをもって出発したが、ここに創立以来の念願を果すべく角川文庫を発刊する。これまで刊行されたあらゆる全集叢書文庫類の長所と短所とを検討し、古今東西の不朽の典籍を、良心的編集のもとに、廉価に、そして書架にふさわしい美本として、多くのひとびとに提供しようとする。しかし私たちは徒らに百科全書的な知識のジレッタントを作ることを目的とせず、あくまで祖国の文化に秩序と再建への道を示し、この文庫を角川書店の栄ある事業として、今後永久に継続発展せしめ、学芸と教養との殿堂として大成せんことを期したい。多くの読書子の愛情ある忠言と支持とによって、この希望と抱負とを完遂せしめられんことを願う。

一九四九年五月三日

エロゲのヒロインを寝取る男に転生したが、俺は絶対に寝取らない

みよん

illust.千種みのり

NTR？BSS？ いいえ、これは「純愛」の物語——

奪われる前からずっと私は「あなたのモノ」ですから♪

気が付けばNTRゲーの「寝取る」側の男に転生していた。幸いゲーム開始の時点までまだ少しある。俺が動かなければあのNTR展開は防げるはず……なのにヒロインの絢奈は二人きりになった途端に身体を寄せてきて……「私はもう斗和くんのモノです♪」

スニーカー文庫